• 文学研究丛书 •

韩志华 ◎ 著

《荷马史诗·奥德赛》研究

中国国际广播出版社

图书在版编目（CIP）数据

《荷马史诗·奥德赛》研究／韩志华著 . 一北京：
中国国际广播出版社，2017.11
ISBN 978 –7 –5078 –4116 –9

Ⅰ . ①荷… Ⅱ . ①韩… Ⅲ . ①《荷马史诗》—诗歌研
究 Ⅳ . ①I545.072

中国版本图书馆 CIP 数据核字（2017）第 260377 号

《荷马史诗·奥德赛》研究

作　者	韩志华
责任编辑	郭　广
装帧设计	于丹丹　贺智敏
责任校对	有　森

出版发行	中国国际广播出版社 ［010 –83139469 010 –83139489（传真）］
社　　址	北京市西城区天宁寺前街 2 号北院 A 座一层
	邮编：100055
网　　址	www. chirp. com. cn
经　　销	新华书店
印　　刷	廊坊市海涛印刷有限公司

开　本	710 ×1000　1/16
字　数	150 千字
印　张	11. 25
版　次	2018 年 1 月　北京第 1 版
印　次	2018 年 1 月　第 1 次印刷
定　价	38. 00 元

Contents
目　录 >> 《荷马史诗·奥德赛》研究

前 言

　　本书是国家社科基金重点项目"外国古代神话和史诗研究（03AWW001）"部分成果，历时一年时间完成。本书内容大致分为五部分，包括史诗写作背景介绍、《奥德赛》文本分析、荷马笔下的世界分析、史诗研究方法论探索以及宏观史诗研究系列——外国史诗研究一览观。第一部分着重于史诗形成的社会历史背景梳理。据考古成果及现行研究成果，史诗是书写古希腊社会、历史和风土人情的重要依据。因此，对与史诗事件相关的历史清理是进行史诗研究的必要前提。从《奥德赛》研究总体思路来说，本书在人物、思想、母题、情节等常规性文学叙事分析基础上，结合古希腊历史，提出还原完整的历史意识理念，并依据相关历史文献，对已有研究和分析进行深层解读并提出"过度解读"概念。本书认为评述人物和事件时应尊重史实，在运用文章理论进行文本分析时要注意适度原则，尤其不能生硬套用文学理论或对文本进行超越历史语境的分析，使文本被"过度消费"，从而造成新的批评误区。此外，在分析史诗叙事方式部分，本书借用辜正坤教授的"理解成本"概念进行史诗语言文体分析，提出"语言三功用"说：文字文化论、实用文字论及文字艺术论。最后，本书通过梳理外国古代史诗研究情况，进行史诗理论专项研究。这一部分涉及到古埃及、古印度、古巴比伦史诗研究以及民族国家史诗研究，如《罗兰之歌》《贝奥武夫》《卡勒瓦拉》等。本书认为史诗作为古代主流文学样式，展现了人类

"童年时代"生活图景。从概念讲，史诗指"历史的诗歌"；Epic，源于古希腊语 epos，意为"词语"，即"用话讲故事"。根据记录方式，史诗可分为"口述和书面史诗"；按内容，可分为神话、微型、历史、哲理和喜剧史诗。按地域分，可粗略分为亚洲、欧洲、非洲、拉美史诗等。史诗研究大多始于古文字破译、手稿解读以及文本翻译。大多数史诗发端于口述文学，后用文字记录下来。因此，古本考证、手稿解读赋予史诗生命；相对而言，文本翻译则是史诗衍生和传播的重要媒介。从内容层面说，史诗大多描述民族的缔造过程，英雄主义母题贯穿始终。其次，史诗主题中有关归家主题亦屡见不鲜。在史诗理论研究方面，帕里的口述理论认为史诗研究关键在于捕捉歌者表演——即史诗产生的一瞬间。由此，对歌者及表演的分析成为史诗研究的重要部分。此外，史诗与其他文体关系研究也成为现代史诗研究新领域。从史诗与悲剧区分、偏离类型与古代史诗区分，到与近现代小说文体区分的研究表明史诗作为一种文学样式，其本体文学性不容忽视。诚然，适时适度地对经典化文本进行新发展是文学之幸；而保存文本完整性，珍视文本纯洁性及对文本进行富有创新化深入研究更利于文本生命的延续。

第一章

荷马史诗产生的时代背景简介

引　言

　　任何一部文学作品的产生和发展都离不开孕育它的社会土壤。对西方文化奠基之作——《荷马史诗》来说，现代学者经常会面临"神话"和"历史"① 区分的困境。字面上来讲，二者似乎相隔甚远。神话属于虚构（fiction）范畴，而历史更倾向于事实（fact）。本质上说，历史和神话都是社会的反映和记录。与其说二者之间互相抵牾不如说互助互补。在表现形式方面，历史多书写传统，而神话则多口述；口述传统之后才有文字定本，完成史诗文本经典化，然后才开始世代传承。但在文字很晚才出现的古希腊，历史和神话都找到了完美依托，这就是《荷马史诗》。尽管历史学家本人的主观性不可避免，但历史更多地依据收集的文本、物品、遗址、甚至神话传说等一切形式的资料，包括出土物品及相关文献记述，以复原历史场景，追溯文明发展的连续性。而神话更

----

① Winks, Robin W；Mattern - Parkes, Susan P. *The Ancient Mediterranean World：from the Stone Age to A. D. 600*. New York：Oxford University Press. P44.

多以口头方式流传于世。当然，有一部分神话可能也有书面记录。相比较而言，口述传统更加灵活，没有固定文本，即没有完成现代学术话语体系下的"经典化①"过程。因此，口头流传的神话版本应时而变，甚至还会"与时俱进"地发生一些改变，带有口述时的状况。从这点来讲，口述传统在内容上更加丰富，既沿袭了传统，又体现出当下，是一面兼具历时性与共时性的"社会镜子"。历史常常是官方记载，而神话则在民众的口口相传中被赋予常青的生命。如果政权在文字记述方面没有与文字的权威联姻，历史与神话将各居庙堂与江湖：历史传承官家书写；神话则表达民情。二者的结合与还原完整的历史意识契合互补，相得益彰。《荷马史诗》便是融"历史"与"神话"于一体的产物，承袭希腊民族的形成过程。而这一过程可上溯至石器时代的克里特文明（Crete Civilization）。

一、克里特——米诺安文明（Crete—Minoan Civilization）

公元前 3000 年左右，克里特人从石器时代（Stone Age）进入金属器时代。约公元前 2000 年，科诺索斯山（Cnossus）就已经建造了大型宫殿，这一时期，以彩陶为主要特征的克里特文明发展了起来。史学家根据手工陶器从简单到复杂工艺的演变将这一阶段划分为三部分②：早期克里特文明、中期克里特文明和晚期的米诺安文明（Minoan）。克里

---

① 经典化是指"在文学、艺术、音乐或其他文化产品权威化过程"，请参见 Winks, Robin W；Mattern – Parkes, Susan P. *The Ancient Mediterranean World*：*from the Stone Age to A. D. 600*. New York：Oxford University Press. P47.

② Bury, J. B. *A History of Greece*：*to the Death of Alexander the Great*. Beijing：Peking University Press. P11.

特文化兴盛的又一特征是书写体系的出现。根据考古发现，克里特人使用图画文字①，每幅图代表一个词，这种文字也远远早于现在"线形文字"（Linear）。

到约公元前 1700 年，克里特文明走到末期，米诺安时代来临。很快，这一文明在克里特岛蓬勃发展。米诺安文明，又称为海洋文明，主要依赖地中海地区的贸易往来，因此，又可被称为"爱琴海文明（Aegean Civilization）"。克里特岛山木繁茂，便于建造船只。通过贸易，米诺安人用橄榄油和陶器换回埃及的食品和象牙、叙利亚的马匹和木材，亚加亚岛的银器、陶器以及塞浦路斯的铜。这些贸易活动影响了米诺安文明的方方面面，如该岛民众在政治和经济方面比同时代的他族更强调公平而且海上武装足以保家护岛，他们的城池也毫不设防。在神庙或祭祀地点附近，通常坐落着开放式的村落，而户外的圣地则是民众集会议事的场所。米诺安人的家庭用具上通常绘有日常生活图景，甚至埃及人像②，但战争场面很少，且各家拥有数量不等的奴隶。建筑方面，米诺安人更加注重实用性而非美观，风格接近埃及建筑。王的宫室设有王座室、待客室、卧室、其余均为库房和作坊，以合贸易之需。离宫殿不远的地方，是人口众多的城镇。居民房子有的有一道门，有的两道，建筑为多层，最高一层无窗，作阳台用。但建筑群中还没有证据证明克里特有公众的祭坛，但宫殿中的圣所（Sanctuary）表明米诺安人在家庭神龛内敬奉神灵。他们信奉自然女神，希腊人称之为瑞亚女神（Rhea）。艺术品上通常会出现拜神场面，女神旁边也常伴有敬服的男神，为女神的儿子或配偶，宙斯（Zeus）便是瑞亚女神之子。另外，此时的语言文字也已经从简单的图画文字发展为复杂的"线形文字"，从出土泥板上的

---

① Bury, J. B. *A History of Greece：to the Death of Alexander the Great*. Beijing：Peking University Press. P9.

② Bury, J. B. *A History of Greece：to the Death of Alexander the Great*. Beijing：Peking University Press. P13.

数字和符号来看，大多是关于商贸的详细记录。米诺安人商贸发达，拥有自己的度量系统和金属货币。在公元前 15 世纪时，科诺索王国成为米诺安最富强的城池。他们的船控制了整个爱琴海，主宰了克里特全岛，通过贸易和殖民抢占，文化也开始向周边地区辐射，米诺安成为了克里特统治的符号①。

公元前 14 世纪左右，科诺索开始衰落。克里特——米诺安先前不设城墙的城池，被迈锡尼人攻破和毁灭。连年战祸加上破坏性地震，使米诺安文明在公元前 1150 年左右覆灭。

二、迈锡尼文明（Mycenaean Civilization）

公元前 1600 年到前 1100 年，在克里特文明影响之下，希腊进入了迈锡尼文明（Mycenaean Civilization）时期，而《荷马史诗》所描述的也主要为这一时期。公元前 13 世纪，印欧族的亚加亚人（Achaean），作为第一批入侵者来到古希腊。他们兴起于阿尔戈斯（Argos）并定居于克里特岛，因此，公元前 12 世纪的歌者多用"亚加亚人"或"阿哥斯人"（Argives）来指代希腊人。此时的王珀罗普斯（Pelops）正是《荷马史诗》中阿伽门农王（Agamemnon）和墨涅拉奥斯王（Menelaus）的爷爷。亚加亚人以"海上探险者"著称于英雄时代（Heroic Age）。据埃及史料记载②，亚加亚人和其他民族在公元前 1223 年进犯埃及。亚加亚人据于离克里特最近的伯罗奔尼撒（Peloponnesian）。

迈锡尼文明有以下几个特点。首先，迈锡尼时代的建筑更具实用

---

① Bury, J. B. *A History of Greece: to the Death of Alexander the Great*. Beijing: Peking University Press. P16.

② Bury, J. B. *A History of Greece: to the Death of Alexander the Great*. Beijing: Peking University Press. P38.

性。亚加亚的中心——迈锡尼的宫殿位于希腊北部山区的山顶，与克里特宫殿不同的是，宫殿外围修筑了结实的护城墙，防守严密。随着军事力量的不断壮大，迈锡尼逐渐取代了克里特，成为地中海的霸主，迈锡尼城也被称为当时爱琴海沿岸最强大的城池。希腊本岛恶劣的自然环境也使迈锡尼的建筑增添了火炉和排烟口，而男女居住地分离的布局模式后成为通行希腊的建筑原则。

其次，迈锡尼的财富储藏地——墓地。迈锡尼国王的墓也颇有特点。尸体被置于墓地却没有火化的痕迹。贵族们的墓葬均在城堡山（Castle Hills）上，随葬品有武器、家庭用具和贵重饰品，一些人的面部戴着旧式面具，女人的头上戴有金饰。每座墓地都上置墓石，有的还经过了雕刻。在迈锡尼城的下方有许多村落，每一个村落都拥有自己的身份符号和墓葬群，它们模仿贵族墓葬，也是长方形的墓室和石砌的通道。不同的是，他们的墓地并非圆形，也没有大坡形的墓顶。城堡山的皇族墓葬藏储了大量黄金，显示出迈锡尼国的富庶。

第三，迈锡尼时代的装束。迈锡尼文明属于青铜和铜时代（Bronze and Copper Age），晚期还出现了少量的铁器饰品。士兵的武器多为弓、箭和矛。他们的防护用具有皮制头盔，从脖子到脚的牛皮护罩。公卿出战乘坐双马战车。此时男子多蓄长发，编成发束。晚期的迈锡尼人身着束身外衣，身披斗篷。出身高贵的女士则着紧身上衣和宽大裙子。迈锡尼王后常戴金饰。迈锡尼的手工陶器工艺复杂，制作精美，此时的珍品是石制工具和铁器。整体上来说，无论从财富，还是从文明程度上来说，迈锡尼文明均超过了克里特。

三、特洛伊时期（Troy）

公元前3000年末期，特洛伊山上的强大部族控制了达达尼尔海峡

（Hellespont）的入口。同时，特洛伊城也是古代交通线上地中海和远东地区的交通要塞。特洛伊城高达 160 英尺，距斯卡曼德河岸（Scamander）很近，早期居民多修建石制护城墙。原始城市毁灭后，特洛伊采用堡垒式的建筑结构——在石头地基上建造砖制的城墙，每个城墙拐角处还设有塔楼。当时的居民仍处于石器和铜器时代，青铜器物还属少数奢侈物件。陶器多为手工，但金制的装饰体现了这个城市的富有。进入大门便是庭院，中设祭坛。大约在公元前 2000 年左右，特洛伊城遭受毁灭性的外侵①——纵火焚城，所有的文明付之一炬。几个世纪之内特洛伊城都没有恢复过往日的辉煌：虽先后又经历过三个不同的聚居群，但都是不重要的村落或城堡。史学家认为这是赫梯国王嫉妒心使然②。直到公元前 16 世纪，普里阿莫斯（Priam）为王时，特洛伊一跃成为历史上的传奇。在古老废墟上建造起来的新特洛伊城，环城道路更加宽阔，护城墙内部是石制城堡，沿阶而上，直至国王的宫殿。然而，特洛伊王国的财富并非来源于肥田沃土，或任何其他的天然资源。特洛伊是一个依傍斯卡曼德河的小平原，自身条件并不优良，且其海岸也不能作为货船停泊港口。但特洛伊王利用来自亚加亚和黑海（Euxine）贸易者的航海困扰获取了丰厚收益。夏季，来自北部的季风通常会将航船困于达达尼尔海峡入口几天甚至几周。海员需要上陆休息，补给淡水，因此，处于入河口的特洛伊就控制了贸易。不仅如此，这里也是许多交通线的交汇处，来自色雷斯（Thrace）和帕奥尼亚（Paeonia）的酒、剑、白马甚至金子，来自帕夫拉戈尼亚（Paphlagonia）和黑海南部海岸的木材、银器、野驴等都交汇于此。南部是商业发达的马其顿（Maeonians）、卡利亚（Carians）和利西亚（Lycians）。马其顿人主要经营奴

---

① 笔者按：这里是指可能是赫梯族（Hittites）的入侵，请参照 Bury, J. B. *A History of Greece：to the Death of Alexander the Great.* Beijing：Peking University Press. P39.

② Bury, J. B. *A History of Greece：to the Death of Alexander the Great.* Beijing：Peking University Press. P40.

隶贸易，居住在后来的莉迪亚（Lydis）地区。卡利亚人拥有米利都城（Miletus），象牙手工业者和门德雷斯河（Maeander）。而利西亚则主要从事从埃及和叙利亚到爱琴海北岸的贸易。特洛伊要对所有聚集在达达尼尔海岸的船只征税，后来便形成在特洛伊平原每年一度开市贸易的惯例。来自四面八方的商人经海陆、陆路汇于特洛伊，特洛伊国赚得盆满钵满。在特洛伊战争中，这些商人成为了特洛伊的同盟军①。

　　长期征税，特洛伊成为希腊贸易的巨大障碍；这一事件在史诗中反应为大力神赫拉克勒斯（Heracles）洗劫特洛伊事件。史诗将这些事件与阿尔戈斯英雄（Argonauts）寻找金羊毛的故事相联系。赫拉克勒斯和其他阿尔戈斯英雄们在伊奥尔科斯（Iolcus）登岸，在破坏特洛伊城的航行中离开了船，而此时拉俄墨冬（Laomedon），普里阿莫斯的父亲正是国王。特洛伊已经成为小亚细亚西岸最强大的力量。由于其北部的利益和南部的莉迪亚，特洛伊人反对亚加亚人东扩的企图。大约在公元前 12 世纪初期，亚加亚人就在为拔除特洛伊这个障碍而作远征的准备。史学家们一般都把此时的希腊认定在迈锡尼王国的统治之下②。因此，《奥德赛》中描述的迈锡尼国王阿伽门农联合希腊北部和南部的王组成联军也就顺理成章。同时，皮提亚（Phthia）和色萨利（Thessaly）的亚加亚领主从阿尔戈斯出发的地点起航，具有特别的意义。亚细亚西海岸的人们包括利西亚，全部成为普里阿莫斯的同盟军。地理上来讲，特洛伊战争实际上又成为爱琴海两岸的战争。根据诗人描述，战争持续了九年，最终，普里阿莫斯的城池被破、特洛伊城被焚，成为了普罗彭提斯（Propontis）和黑海对希腊贸易开放的序曲。从此以后，希腊对爱琴海东岸岛屿的殖民就此拉开帷幕。

---

　　① Bury, J. B. *A History of Greece*：*to the Death of Alexander the Great*. Beijing：Peking University Press. P41.

　　② Bury, J. B. *A History of Greece*：*to the Death of Alexander the Great*. Beijing：Peking University Press. P42.

四、黑暗时期（Dark Age）

英雄时代的希腊在特洛伊战争一百多年之后走向衰落，同时，迈锡尼文明也面临相似的命运——多利安人（Dorian）入侵。大约在公元前12世纪，多利安人携铁制武器，相继攻下迈锡尼城池。迈锡尼行政系统瘫痪，乡村人口大量流散，海外贸易萎缩，希腊文字书写佚失，此时的希腊过着部落群居、贵族主政的农业生活，这些情况的出现与希腊的地理环境密切相关。希腊自然资源稀少，多为山陵，农业产量受到限制，村落相互分隔。外敌入侵后，希腊人多住在易守难攻的地方。每个聚居群都有负责统领的国王和贵族以及一般民众，包括自由农民、佃农、少数的手工业人、受雇佣的劳力以及奴隶。

起初，群居部落依靠农业、畜牧业和渔业为生。自公元前8世纪开始，由于人口增长，食物危机加重，农民被迫出海，加上迅猛发展的航海和造船业，希腊人充当了海盗、商人和殖民者为一体的角色。《奥德赛》中就描述了斯巴达王墨涅拉奥斯和伊塔卡王奥德修斯在爱琴海半商业、半海盗的经历[1]。

由于书写系统的佚失，此时记述青铜时代的方式主要依赖口述，直到公元前8世纪书写系统才又被重新发现。其实，《伊利亚特》中还提到了书写，在柏勒洛丰（Bellerophon）的故事中，他携带"死亡符号"的板（Tablet）从阿尔戈斯到利西亚。在这长达几百年的黑暗时期，希腊人就是依靠记忆来保存和流传"青铜时期"的记忆。到公元前10世

---

[1] Stavrianos, L. S. *A Global History from Prehistory to the 21st Century* (7th ed). Beijing: Peking University Press. P75.

纪中期，铁器开始取代青铜器用于军事和日常生活①。希腊民族拓展到了整个爱琴海地区。

从外因来看，希腊北部边界的伊利亚特人（Illyrian）似乎是这一趋势的主要推动者，此时希腊的主导部族——多利安人是他们的一支。与早期北方入侵者的屠城行为不同，多利安人占领城池后接受当地文明。伊利亚特人的南下给埃托利亚人（Aetolia）带来了致命的后果。《荷马史诗》中对埃托利亚沿岸陆地的繁荣也有描述，"侧板临海，多岩石的凯利多尼安"，而埃托利亚神话中关于梅利埃格（Meleager）的传说以及猎杀克里多尼亚（Caledonia）野猪的故事后来都成为了希腊国家传奇的文化遗产。以产酒著称的埃托利亚在希腊历史的后期被认为是半野蛮的原始社会，科学和文明方面远远落后于其他部族。伊庇鲁斯（Epirus）也面临相同的命运。尽管伊庇鲁斯的大部分地区在多多那圣所（Dodona）供奉宙斯之时已经希腊化，但也突然堕落成野蛮部族，成为一个孤独的边区村落。显然，两个城市文明覆灭的命运在于遭受蛮族入侵，入侵后抹杀了而非继承原先的文明，因此，文明的断裂、文化的退化为希腊的"黑暗时期"又浓墨重彩地加了一笔。至此，埃托利亚人和伊庇鲁斯人成为了伊利亚特的一支。

当然，伊利亚特人的入侵也使一部分希腊难民跨越海湾，寻道到佩纽斯河（Peneus）定居并自名为伊利斯（Eleans）或是"谷底居民"（Dalesmen）。他们作为第一批定居者占据了伊平斯（Epeans），并逐渐扩展到阿拉菲尔斯（Alpheus）。然而，海岸并没有港口，就这样，他们与海文化分开了。但是在这个半岛的西部平原上，人们都尊敬英雄珀罗普斯，因此，这个半岛又可叫作"珀罗普斯岛②"。

---

① Winks, Robin W, Mattern - Parkes, Susan P. *The Ancient Mediterranean World*: *from the Stone Age to A. D. 600*. New York: Oxford University Press. P56.

② Bury, J. B. *A History of Greece*: *to the Death of Alexander the Great*. Beijing: Peking University Press. P50.

伊利亚特人入侵伊庇鲁斯时,塞萨利人(Thessalian)和皮奥夏人(Boeotian)跨越大山,在皮利翁山(Pelion)和品都斯山脉(Pindus)相连处定居。他们将该地区的亚加亚人驱赶到南部的皮提亚。随后,塞萨利的名字迅速传遍全国。所到之处,亚加亚人沦为农奴,以耕种为生,但要向雇主交固定的租子。与奴隶不同,他们不会被卖到外国或被故意处死。但有一点亚加亚人胜利了——亚加亚语言流行了起来——塞萨利人放弃了自己的传统语言,学习亚加亚人的语言,而亚加亚语言成为后来《荷马史诗》语言的组成部分。

塞萨利人的入侵,也使得一部分希腊人向埃维厄岛(Euboes)移民。皮奥夏人的老家位于伊庇鲁斯的皮奥山(Boeon),他们的方言与塞萨利人的方言很接近。皮奥夏人首先从西部的凯罗尼亚(Chaeronea)人和科罗尼亚(Coronea)人手中夺得了卡得密人(Cadmeans)的底比斯城(Thebes),然后在全岛扩张势力。他们将皮奥夏的名字冠以全岛,但并未取得塞萨利人一样的成功,比如奥尔霍迈诺斯(Orchomenus)的贵族们保持其独立权力达上百年之久。直到公元前6世纪才达成皮奥夏统一联盟。皮奥夏人的统治政策与塞萨利人不同,他们不用当地人的语言,因此,此时希腊的语言是征服者与被征服者的语言混合之后形成的新的皮奥夏方言。

毫无疑问,皮奥夏人的侵占使得又一批希腊人开始移民。这就是为什么艾奥尼亚人在小亚细亚的聚居地会出现卡得密人、列巴迪亚(Lebadea)人和其他族群的人杂居的状态。皮奥夏的西部福基斯(Phocians)人的土地遭遇多利安人入侵,多利安人还抢占了德尔菲神庙(Delphi),并且在附近安置了居民守护神庙。多利安人走后,实际上这片土地还是福基斯人所有。他们的邻居洛克里斯(Locrian)人后来分裂为三支,福基斯人楔入其中,因为洛克里斯是埃维厄海峡(Euboean)岸边的条状地带,是进海的出口。北部的洛克里斯人曾被荷马写入《伊利亚特》,他们的统帅是埃阿斯(Ajax),占领了斯诺尼翁(Thronion)和奥普斯（Opus）。

多利安人从帕那萨斯山（Parnassus）的离开是逐步完成的，而且经由海路。他们建造大船，诺帕克特斯（Naupactus）就是当时的证据，希腊语中意为"造船的地方①"。他们沿着伯罗奔尼撒行驶到希腊岛的东南方向。一拨冒险者给克里特岛带来新的元素，使之成为一个多民族的岛；另一部分人则定居在在锡拉岛（Thera）和麦洛斯（Melos）。其余的人继续东行，过了爱琴海域，在小亚细亚的南海岸找到一个小的定居点——潘菲利亚（Pamphylians）人，这个名字记录了他们的多利安人血统。多利安人下一个征服的目标便是伯罗奔尼撒。他们从南部和东部下手，先后发动过三次征服战争：洛克里斯征服、亚尔古征服和科林斯（Corinth）征服。多利安人夺去了富裕的欧罗特河谷，保持了自己血统的纯净性，将当地居民变为奴隶。在征服阿尔戈斯的过程中，多利安人在国王忒墨诺斯（Temenos）的带领下，进行了艰苦卓绝的斗争。但最后没有成为多利安的附属国，而是与之合并，形成了多利安社会系统之上的阿尔戈斯王国和多利安的三个部落的联合。不幸的是，迈锡尼城和泰林斯（Tiryns）均遭焚毁。同时，希腊人开始了在爱琴海地区的扩张以及在小亚细亚西岸建立定居点，150 年之后英雄时代宣告结束。

纵然多利安人的入侵以及希腊民族的北移成为这一时代形成的主要原因。假若没有外敌入侵，随着自身人口的激增，加上希腊民族与生俱来的冒险精神，肥沃的河谷地区以及亚细亚海岸的沃土也一样吸引希腊人来此定居。而此时西岸的赫梯王国已然崩塌，但这些并未在史诗中出现。

---

① Bury, J. B. *A History of Greece：to the Death of Alexander the Great*. Beijing：Peking University Press. P53.

五、艾奥尼亚（Ionia）

入侵的多利安人大多聚居在伯罗奔尼撒，并在克里特建立殖民地，迈锡尼难民大多逃往小亚细亚西岸的中部地区，在那里他们建立了后来整个希腊地区最为繁荣的艾奥尼亚。根据希罗多德（Herodotus）的记载，这里先后受到十二次外敌入侵①。其中，埃维厄岛人（Euboes）和皮奥夏人（Boeotia）也加入了殖民战争。入侵者承继多利安文明，带来了旧式希腊的海洋传统，也为几个世纪后文明的兴盛打下了重要基础。

与此同时，他们带来了歌者和特洛伊的故事以及阿基琉斯、阿伽门农和奥德修斯的传说。希腊的英雄遗产迎来了艾奥尼亚新时期，一个伟大的诗人——荷马出现并完成的两部史诗巨制，成为考察古希腊黑暗时代的重要资料。荷马记述了战争、冒险、贵族和国王的生活，也展现了原始农业和田园社会的鲜活画面。大约在公元前9世纪，荷马完成了《伊利亚特》②。

从内容上来看，《荷马史诗》展现了英雄时代后半期希腊社会的生活方式、物质环境、社会组织和政治地理状况。荷马从阿基琉斯的愤怒写到赫克托耳的死亡，内容都源自特洛伊主题的相关情节。青铜时代之后，希腊的生活和政治环境都发生了较大的变化。荷马在史诗中描述了连贯的画面，比如史诗中的宫殿同迈锡尼、梯林斯（Tiryn）以及特洛伊的宫殿具有相同的构造；英雄所拿的武器和护身盾牌也从迈锡尼出土的宝石和罐器中得到了很好的阐释；梯林斯前厅镶嵌的饰带与诗人描述

---

① Bury, J. B. *A History of Greece：to the Death of Alexander the Great.* Beijing：Peking University Press. P60.

② Bury, J. B. *A History of Greece：to the Death of Alexander the Great.* Beijing：Peking University Press. P42.

的阿尔基奥诺斯（Alcinous）厅堂里的矢车菊饰带亦不谋而合。不仅如此，在迈锡尼的皇族墓群中还出土了诗人描述的把柄上有鸽子图样的涅斯托尔（Nestor）金杯，甚至在迈锡尼和克里特还找到了类似于阿基琉斯的护甲。

　　"荷马"的大名在古希腊语中意为"人质"，因此，学者们推测荷马幼时很可能在当地的冲突中被作为人质押往别处，甚至还有人认为他生活在崎岖不平的希俄斯岛（Chios），因为他描述太阳从海平面升起的场景符合当地的状况。从他开始，希俄斯岛的荷马歌者家族从此发达起来。荷马和他的后继者们在艾奥尼亚王公的宫廷中，吟唱他们所熟悉的旧式亚加亚人诗歌。他的作品用非常熟练的艾奥尼亚方言演唱。《伊利亚特》中的人物着装均属艾奥尼亚传统，以至于诗歌中的亚加亚元素为人们所遗忘。但有时，艾奥尼亚的语言形式不能完全满足格律的需要，因此，史诗不得不混合使用两种语言。

　　文本方面，艾奥尼亚的诗人很有可能将史诗材料再次加工过以迎合当时的听众口味和道德观念。很显然，《伊利亚特》已经摆脱了早期文学中原始初民的愚昧粗糙风格，野蛮社会的背景只有些许蛛丝马迹可循。在其他方面，艾奥尼亚诗人们如实地保持了过去时代的氛围，比如行为方式、气候环境、地理条件等。为此，芬利（Finley）认为"史诗，不论曾经是什么，都可以被认为是历史[①]"。因此，从史诗中我们可以了解当时社会的生活场景和风土人情，也可以笼统地认为在那个时代，歌者便是历史学家，是神话的传承者。作品中保留的特洛伊战争素材被视为巨大的民族财产，因此，《伊利亚特》成为一部凝聚向心力和标识文化身份的民族史诗。而《奥德赛》虽然三分之一的篇幅都在讲述神界，与国家民族的形成关系并不大，但基于与特洛伊战争的内在联系，也被认定是民族史诗。

---

① Finley, M. I. *The Use and Abuse off History*. London and New York：Penguin Books Ltd. P14.

六、口述传统（Orality Tradition）

　　《荷马史诗》着重描述整个青铜时代，但每一个故事都包含着复杂的场景和情节，夹杂着宗谱错综的神、英雄、魔鬼和人群，荷马将这些情景、人物交织表述，并改编成适合口头表达的六音步（Hexmeter）的格律。在古希腊人的意识里，神明不受时间、空间限制，因此，古希腊人的记述中并不重视时间顺序，历史学家希罗多德（Herodotus）也如此，因为他们更加重视宗谱概念（Genealogical Sequence）①。

　　如此，史诗文本中前后不一致的表述便不可避免，如青铜时代（Bronze Age）出现的铁器；迈锡尼的墓穴几乎没有火葬的痕迹，而史诗中却包含火葬仪式的描述。这些与时代不相符合的内容，加上短语或场景的重复，如描写祭祀、出发或到达等场景，长期困扰着荷马的研究者们。直到1930s学者帕里（Milman Parry）关于口述传统的研究成果改变了人们理解荷马的方式。他通过研究南斯拉夫不识字的歌者吟唱的方式，发现他们将一些程式化的语言、主题、片段进行加工而形成史诗并采用即兴表演的方式，因此，观众通过眼睛和耳朵来接受信息，于是帕里以"口述传统"解释了《荷马史诗》中表述不一致的现象，并结合史诗语言"程式化"特点，发展出一套"口述理论"。

　　另外，从传统上来说，吟唱英雄的歌者职业也是希腊的一个古老习俗。公元前12世纪，吟唱关于特洛伊战争的吟游诗人在希腊全岛颇为盛行，阿基琉斯和《伊利亚特》中其他英雄的荣耀都指向了希腊北部——阿基琉斯的王国皮提亚（Phthia），据说这里是歌者最早的家。在

---

　　① Finley, M. I. *The Use and Abuse off History*. London and New York：Penguin Books Ltd. P15，17—18.

希腊南部，迈锡尼和亚尔古、斯帕达和皮罗斯、特洛伊等的宫殿里，经常会吟诵这些后来引发荷马灵感的诗篇。代代相传，使这些英雄时代的传说得以承袭下来。除此以外，歌者深知自己所吟唱的是古代的场景，从内容和形式上都比较注重继承传统，但歌者不可能做到与自己的时代完全隔离，因而每一部史诗自然而然地打上传统与个人才能相结合的烙印，由此可见，《荷马史诗》并不完全描写迈锡尼时代的古希腊，而是希腊民族成长发衍的历史见证。因此，史诗又被誉为"人们记忆的产物，古代社会生活的百科全书和文化记录①"。无疑，两部史诗成为黑暗时期重要的文化遗产。在没有书写系统的时代，像荷马一样的歌者便是文化的最好传播者。

七、古希腊社会生活

众所周知，在历史的演进与传承中，技术的发展起着至关重要的作用，同时人类的活动范围也受其限制。原始人类以采集为生，其活动范围仅限于狩猎区域。随着农业、冶金业和造船业的发展，人类的活动空间大为拓展。公元前2000年中期，冶金业首先在小亚细亚发展了起来，并以此为中心向外传播了近800年，直至赫梯王国覆灭的公元前1200年左右。新工具的产生到普及往往又经历几百到上千年发展。毫无疑问，铁制锄头、斧头、犁和武器的普及势必带来经济、社会和政治的深远革命。铁制工具使希腊人能够退林还田，扩大农业耕作面积，也能够帮助他们将商业和殖民范围扩张至地中海西岸②。

---

① Marincola, John (ed). *A Companion to Greek and Roman Historiography*. MA：Blackwell Publishing. Ltd. P16.

② Stavrianos, L. S. *A Global History from Prehistory to the 21st Century* (7th ed). Beijing：Peking University Press. P87.

而处于多利安人统治下的希腊又过回了部落的、贵族主政的农业生活，其基本原因既与多利安的统治有关，又与希腊全岛的地理环境密不可分。自然资源稀少，且多为山地，农业产量受到限制，村庄相互分隔，从地缘政治上来讲，希腊不具备大一统国家成立的条件。外敌入侵之后，希腊人多居住在易守难攻的山地。每个聚居群都有各自的统领贵族和一般民众，包括自由农民、佃农、少数的手工业人、受雇佣的劳力和奴隶。而这些地区多靠近沃土和交通要道，因此发展迅速，较短时间之内，这种生产生活方式遍布全岛。

起初，聚居群依赖于农业、畜牧业和渔业为生。随着人口增长，食物供给危机加重，农民被迫出海，加上迅猛发展的航海和造船业，希腊人往往集海盗、商人和殖民者为一体。《奥德赛》就描述了斯巴达王墨涅拉奥斯和伊塔卡王奥德修斯在爱琴海半商业、半海盗的经历①。

独特的自然环境与民族经历也势必孕育出富有特色和适合自身的政治经济制度。首先，从当时的政治机构状况来说，在王国中，国王高高在上，但却不能以自己的意志统治，他要受到议事会和全民大会制约。通常的做法是国王和议事会达成一致意见之后召集全民大会，通过决议并实行。因此，从远古时期开始希腊就形成国王、议事会、全民大会三者合一的权力结构雏形，同时，这也是后来不同形式的君主政体、贵族阶层和民主制度的胚胎。

但这样的组织在古代还相当松散，原始社会的真正权力属于家庭。希腊城市初民采用由血缘关系联结而成的家族群居模式，供奉同一神灵，由家长掌管成员的生杀予夺大权。后来随着城市的发展逐渐排除了家庭式的社会结构，家长权力也消失殆尽。相对而言，村落群体并非如此，他们还处于"洪荒时代"，互相隔离、互相独立，被称作"部落"。

---

① Stavrianos, L. S. *A Global History from Prehistory to the 21st Century* (7th *ed*). Beijing: Peking University Press. P75.

往往，一个部落就是一个国，这也是王国最简单的形式，而其部落所居住的地域叫做同类区（deme）。当一个国王力量强大，占有了邻近王国的同类区，就会出现包含两个以上的部落大群体。在大群体的政治条件下，每个部落都还保存着自己的制度，也就是说，大群体是独立部落的"邦联"。

通常，几个有同样宗教信仰的家庭组成一个群体叫做兄弟联盟（brotherhood）。因此，"希腊远古的部落是军事性兼宗教性的结合①"。这样的宗派或部落以及氏族集团源自雅利安先辈②（Aryan）。类似的群体都被证明曾经出现在罗曼人和日耳曼人群中。这种宗派成为后来罗马社会基础，这种集团在荷马笔下被描述为"一种流浪人，没有兄弟，没有炉灶③"的人群。

其次，土地财产划分。在瓜分战利品土地时，家庭的重要性就凸现出来。土地并非自由民的私人财产，也非部落的公共财产。部落族长根据部落内部家庭的数量将土地划分成小块，由单个家庭抓阄决定。这样，每个家庭都拥有自己的田产，家长负责管理，但没有转让权。土地属于整个宗派，而非某个成员。因而，土地财产权的划分并非依赖于成员力量的强弱，而是出自一种宗教情感（religious sentiment）。此外，每个家庭将故者葬于自己的领地，且逝者可永久地长眠于此；墓地拥有权自然归属死者家族其他人员，他们负责保护祖坟。其次，荷马时期财富的表现形式是牛群、羊群以及贵金属。尽管希腊有耕地，但土地贫瘠，农业收入并非财富的主要来源。相反，畜牧业所占比重要多得多，通过"一般等价物"就可看出。史料记述，一套战服的价钱或一个奴隶的价

---

① 塞尔格叶夫著［苏］，《古希腊史》，缪灵珠译，北京：高等教育出版社，第113页。

② 笔者按：雅利安（Aryan）血统包含希腊、罗马和日耳曼。

③ Bury, J. B. *A History of Greece*：*to the Death of Alexander the Great*. Beijing：Peking University Press. P45.

钱，通常由牛来衡量①，《奥德赛》中欧律克勒娅是 20 头牛换来的。另外，在没有正规的海军力量对抗的时期，海盗是正常的贸易营生。因此，此时的很多人出海为盗，并不受任何道德谴责。

最后，巴赛勒斯（Basileus）——王的权利与义务。巴赛勒斯是部族的主祭司、主审官和军队的最高统帅。他掌管一切宗教仪式，除了一些由特别祭司主持的祭典；他还主审一切案件且拥有发号施令的军权。他自诩为神的后代，被誉为人的"保护神"。国王高高在上，被同类区敬奉为神明。王的权威取决于战争中的勇猛程度以及在贵族会议中的协调管理能力。有时国王也召集成年男子的全民大会，但大会往往是为了获得公众支持王已经和贵族们达成的决议。此种模式孕育了后来的希腊行政机构，此聚居之地便是后来的"城邦②"（city - state）。传统上来讲，王位实行世袭制，但更强调个人能力，民众可以拒绝接受一个昏庸无能的王子继位。掌权的国王享有以下权力：宴会的主座、分得大部分战利品和牺牲献祭食品和优先选择权。另外，土地财产方面，王除了他的家族份地之外，还会获得一块特别的土地——王地。

王的功能很模糊，如果王没有获得大部分人的支持便无权按照自己的意志行事，因此，他必须寻求议事会中年长者的支持。严格意义上来说，每个家族都有代表在议事会，这样就代表了整个部落，像每个社会一样，各个家族在议事会中地位并不平等，总有家族占据要位。而这些议事会的成员便是日后贵族的胚胎。

全民大会是希腊民主产生的源泉。部落中所有的男性自由民，只要国王召集，便聚集一起，但他们有听和欢呼的权利而没有辩驳或提案权力。《奥德赛》中对此有描述。

---

① Bury, J. B. *A History of Greece*: *to the Death of Alexander the Great*. Beijing: Peking University Press. P48.

② Stavrianos, L. S. *A Global History from Prehistory to the 21st Century* (7th ed). Beijing: Peking University Press. P68.

由此可见，在原始的君主政体基础上，荷马时代的国家形成了少数人的规范，由像阿伽门农或阿基琉斯这样的统帅治理着他们的属地。但希腊宪法体制在荷马时代还非常松散，这可能和英雄时代的希腊尚未形成大的族群有关。因为希腊民族融合是在征服的过程中逐渐形成的，而此时希腊并非一个国家名称，而是具有相同文化尤其是宗教信仰地区相邻的城市、部落和其他聚居群的统称①。自然，国家也没有制定任何法律法规，而人们的行为准则依循宗教仪式或传承的风俗习惯。人们相信罪恶会受到神明的处罚，但这一条仅限于家庭的范围，而非社群。同时，外来人不享有保护权，或许会在陌生的族群被杀，除非他是访客，才享有宙斯所规定的待客之道。《奥德赛》中对此亦有描述，如忒勒马科斯到访斯巴达、皮罗斯。

结　语

综上所述，《荷马史诗》并非一时一地的情景记录，而是从原始初民到史诗成型之时希腊文明形成和发展综合过程的结晶。希腊多山临海的地理环境，孕育了一个善于航海、精于商贸的民族。在技术不发达的蒙昧时期，他们信奉神灵，与自然斗争，在漂泊不定的商船上发展了神话传说和英雄传统，并通过口述方式流传下来，成为后人了解古希腊公元前12世纪到9世纪社会生活状况的宝贵资料。显然，频繁的外敌入侵史造就了希腊民族的英勇善战，崇武尚勇；民族繁多和反复迁徙为希腊带来了丰富的文化资源，使希腊文明从源头起便是多种元素的混合；同时，"海洋文化"使家族结构过早解体，部落时期的希腊就已经孕育

---

① Cartledge，Paul. *Ancient Greece：A Very Short History*. New York：Oxford University Press. P3.

出日后城邦民主制度的胚胎。需要指出的一点是，诗人本身的成长环境及自身的不可超越性对于史诗的"表演①"（Performance）来说，是在继承传统基础上的自我创新，同时不可避免地打上了时代和诗人本身的烙印。而且，诗歌的成功与否，吉柏特·默里（Gilbert Murry）认为，"与科学技术日新月异的'进步'（Progress）不同，诗歌的永恒性在于其不可超越性②"。因此，《荷马史诗》尽管古老，与希腊神话一样，超越了时间的图圉，流传至今。而"后来的研究者们提及'希腊传统'，言必称荷马③"；"'传统'④ 作为一个社会或群体内部从古至今流传下来的信条或行为"，荷马无疑是一个里程碑式的代表。而所谓的"神话传统""口述传统"或"史诗传统"甚至"希腊传统"，大多是从《荷马史诗》、考古挖掘或其他历史学家如希罗多德等的史料记载中分析挖掘出来的。从这个层面上来说，荷马其实也只是"传统"的一部分。

———————————

① Nagy George. *Poetry as Performance*：*Homer and Beyond.* New York：Cambridge University Press. P1.

② Murry, Gilbert. *The Rise of the Greek Epic* （4*th Edition*）. London：Oxford University Press. P22.

③ Gladstone, William Ewart. *Studies on Homer and the Homeric Age* （*Vol.* 1）. New York：Oxford University Press. P76.

④ 请参见 http：//en. wikipedia. org/wiki/Tradition.

第二章

《奥德赛》文本分析

　　《奥德赛》一改《伊利亚特》战争场景摹写，讲述了特洛伊战争英雄奥德修斯战后十年的辛苦归家历程，史诗以英雄归家路线为纵轴，以神界、人界社会生活为横轴，生动地展示了古希腊荷马时期较为典型的生活场景、人神关系以及古希腊人对命运的古朴观念。本书将对《奥德赛》的文本本体、认识视野以及研究视角进行分析，以文本的共时性和历时性为参照，进行解读。本书参照王焕生译本。

　　与《伊利亚特》相比，《奥德赛》更侧重于对人性的理解与阐释。虽然在人神共处的视野中，二者共享行动空间与话语，但在史诗《奥德赛》部分，荷马将更多的笔墨用来刻画日常起居、风土民情。而且，史诗通过其独特的艺术表现形式——歌者的吟唱，惟妙惟肖地将单个人物赫然托出，从而完成了共性叙事空间中的个性塑造，演绎了古希腊荷马时代的人性诗学。因此，人物刻画成为史诗最重要的特点之一。此外，史诗洋洋洒洒 12，000 行的鸿篇巨制也为人物的成长和性情的展现提供了充足的时空条件。

一、人物分析

在史诗中，各色人物林林总总，大致看来，可分为三类：神化的人、神灵以及奴仆。因此，不同人物由于其所处环境及特点的差异，从刻画手法来说是一个不小的难题。但《奥德赛》全篇人物性格鲜明、个性突出。

（一）神化的人

1. 奥德修斯

奥德修斯是《奥德赛》无可辩驳的灵魂和主角。尽管《伊利亚特》是在《奥德赛》之前的作品，关于创作的"荷马问题[①]"即"统一论"和"分解论"纷争姑且不表，在主人公奥德修斯身上，两部史诗相隔的岁月变迁似乎并不影响他的形象在两部作品中的一脉相承。

《伊利亚特》中那个聪明机智、有勇有谋的伊塔卡王奥德修斯在盟军中虽力量不如阿基琉斯，影响力不及阿伽门农，但每每出场皆表现出他的智谋与神勇。《奥德赛》中又专门描述他十年的漂泊与归家经历。因此，奥德修斯作为荷马较为偏宠的英雄形象，独步两部史诗。后人对于奥德修斯的研究全面而深入："家园意识[②]""英雄情结[③]""多情的

---

①　Saïd Suzanne. *Homer and the Odyssey*. Oxford. P3. "荷马问题"从 18 世纪晚期沃尔夫（Friedrich Wolf）出版了《荷马导论》（Prolegomena ad Homerum）引起了关于在荷马研究方面延续了近一个多世纪的文本作者之争："统一论"和"分解论"。

②　邓秀明、刘雪苗，《奥德赛》中家园意识的解读 [J]，《剑南文学（下半月）》，2011（7），第 52 页。

③　赵佳，《荷马史诗》的英雄形象和英雄主义主题 [J]，《躬耕》，2010（11），第 55—56 页。

奥德修斯①""《奥德赛》中名字的神秘性②""《奥德赛》中复仇母题的形成③"等不一而足。在《伊利亚特》中，奥德修斯的智慧与谋略保全了自己的生命，为希腊盟军的最后胜利献出了条条锦囊妙计；同样，在《奥德赛》中，奥德修斯的睿智和勇气使其在众神布下的场场考验中九死一生。总体而言，与其说《奥德赛》是"描写人与自然的斗争，歌颂英雄的坚毅精神和智慧才干④"，不如说是《伊利亚特》的延续。也就是说，荷马不吝笔墨，用两部史诗的长度完成了奥德修斯这一人物的刻画。在《伊利亚特》中展现了和人斗争的奥德修斯，在《奥德赛》中则展现了与神搏斗以及与自己意志较量的英雄形象。显然，《奥德赛》中，"战争"主题不及《伊利亚特》中浓墨重彩、剑拔弩张，但仍不失多变诡谲——风起云涌与美人如玉交替，潸然泪下与觥筹交错同在。因此，在奥德修斯身上，荷马可谓"刳肝以为纸，沥血以书辞⑤"。值得一提的是，在《奥德赛》场景中，由于人神力量的悬殊对比，凄风苦雨与琼浆玉液移步换景，如锻钢之淬火，于巨大的张力中尽显奥德修斯的智慧、幸运与魅力。

首先，智慧赋予奥德修斯在《伊利亚特》中的绝对话语权。论及勇敢，奥德修斯不及其他特洛伊英雄，但智慧让他得以存活，因此，他也就获得了继续书写人性历史的可能，而死亡的英雄却永久的定格在历史中。随着阿基琉斯的死亡，凭借一己之力造就战争神话的帷幕已落，奥德修斯顾全大局、献计取胜。同样，特洛伊战争中的胜利为奥德修斯在《奥德赛》中先声夺人地占有了古希腊荷马时代神人共同推崇的

---

① 胡安琪、马刚，情系 jia（家和佳）　人归故里　乔装乞丐谋团圆——记奥德修斯历尽艰险返回家乡重建家园的故事 [J]，《安徽文学》（评论研究），2008（3），第159—160 页。

② Norman Austin. Name Magic in the 'Odyssey'. *California Studies in Classical Antiquity*, 5 [J]. 1972. P1

③ Jones. F. W. The Formulation of the Revenge Motif in the Odyssey. *Transaction and Proceedings of the American Philological Association* [J]. Vol. 72. 1972. P195—202.

④ 傅波，从英雄本色看荷马史诗的审美价值 [J]，《贵州教育学院学报》，2005（5）。

⑤ 韩愈 [唐]，《归彭城》。

"荣誉①"。于是，"神样的""机智的""智慧丰富的"顺理成章地成为《奥德赛》中对于奥德修斯的习惯性称呼。这种直陈手法通过鲜活的修饰语，为每一位人物的出场装点特色脸谱，听众在接受信息的瞬间将其分类，形成原初判断——奥德修斯富于智慧。当然，这只是荷马对听众潜意识的第一次呼唤，随着情节的展开和人物表现手法的多样化，人物形象逐渐清晰和明朗。除此以外，荷马还通过侧面描写，即别人的评价来展现奥德修斯的智慧。例如雅典娜对奥德修斯的评价"他仍会设法返回，因为他非常机敏"（1：205）；涅斯托尔的描述"在那里没有一个人的智慧能与他相比拟，／神样的奥德修斯远比其他人更善于谋划各种策略"（3：120—122）；以及海伦的示例"他把自己可怜地鞭打得遍体伤痕，肩披一件破烂衣服像一个奴仆，／潜入敌方居民的街道宽阔的城市，／装成乞丐，用另一种模样掩盖自己／……他在智慧和相貌方面无人可比拟"（4：244—264）。通过他人之口的叙述，奥德修斯的形象更加丰满，人物也更加全面和生动。同时，在一定程度上，人物的可信度和事件的真实性得到了强调。此外，直接刻画人物本身，即以正面笔法直接描写。奥德修斯第一次以正面形象示众是在听到卡吕普索允许自己返回家园时，他的反应是"女神，你也许别有他图而非为归返，／……即使有宙斯惠赐的顺风，也难渡过。／我无意顺从你的心愿乘船筏离开，／女神啊，如果你不能对我发一个重誓，／这不是在给我安排什么不幸的灾难"（5：173—179）。对于奥德修斯多年被困，"用泪水、叹息和痛苦折磨自己的心灵"（5：157）的日子来说，卡吕普索突要放行，常人当放歌纵酒喜还乡；但奥德修斯并未现喜色，而是忧虑其真实性，并抓此良机要求卡吕普索发重誓以防不测，表现出奥德修斯精于世故且以退

---

① 陈戎女，《荷马的世界——现代阐释与比较》，中华书局，第 62 页："……κλεος／kléos"名誉、名声、荣耀。希腊语的 kléos 这个名词是从动词 klúō'听'而来，原义是指'传闻、消息'……后来这个词才衍生出'名声；名气；光荣，业绩'的意思（参《古希腊语汉语词典》）。"

为进，不贸然犯险亦不错失良机的机智。

显然，人神力量天地悬殊，奥德修斯能够游走于场场劫难，除却自身的机智勇敢，他的"幸运"也成为荷马时代古希腊人在生存斗争中的重要隐性要素。这一要素体现在人"努力地"想要得到"神的庇佑"，以求好运。正如涅斯托尔对特勒马科斯所言"但愿目光炯炯的雅典娜也能喜欢你，/就像在特洛亚国土关心奥德修斯那样"（3：218—219）。

幸运地，奥德修斯是雅典娜女神的选民。"目光炯炯的雅典娜"除了在奥德修斯凯旋之时对神不敬为之发怒，在其余的场合，无论是众神明大会，还是艰辛的归家途，雅典娜始终为之奔走呼号、悉心安排，助其返家并重夺权力。比如，在众神明大会，请求父亲宙斯看在奥德修斯勤于献祭的份上，准许其归家："我们的父亲，克罗诺斯之子，至尊之王，/……但我的心却为机智的奥德修斯忧伤，/……然而你啊，/奥林波斯主神，对他不动心，难道奥德修斯/没有在阿尔戈斯船边，在特洛亚旷野，/给你献祭？宙斯啊，你为何如此憎恶他？"（1：45—62）不仅如此，雅典娜亲自鼓励并教导奥德修斯的儿子特勒马科斯："你准备一条最好的快船，配桨手二十，/亲自出发去寻找漂泊在外的父亲……"（1：279—304）。对于特勒马科斯的培养与鼓励，从一定的意义上来讲，与给予奥德修斯直接的帮助与指点是一体两分的。同时，特勒马科斯作为奥德修斯本体的延续性象征，在神的亲授下，通过不断丰富的经历来完成对于奥德修斯精神的传承。此外，雅典娜女神对于特勒马科斯的庇佑也从侧面烘托和渲染了奥德修斯的"幸运"。无疑，女神直抒胸臆的夸奖给奥德修斯无可避免地蒙上了神化的色彩，使得奥德修斯的幸运已经远远超出"凡人"崇拜"神明"的范畴。神明时刻福荫奥德修斯左右，为之喜忧。当奥德修斯踏上伊塔卡却难辨故园之时，雅典娜不失时机地出现"幻化成年轻人模样，一个牧羊少女"（13：222）："我本就是帕拉斯·雅典娜，宙斯的女儿/在各种艰险中一直站在你身边保护你，/让全体费埃克斯人对你深怀敬意。/而我今前来，为的是同你商量藏匿/高贵的费埃克斯人受我的感召和启发，/在你离开时馈赠给你的这些财物，/再告你命运会让你在美好的宅邸遇上/怎样的艰难；你需要极力控制忍耐，/切不可告知任何人，不管是男人或是妇女，/说你他乡漂泊今归来，你要默默地/强忍各种痛苦，任凭他人虐待你"（13：300—310）。可以说，雅典娜如同教父一般，将"不死的神明"所全能的一切与奥德修斯共享，建立起了亲密的神人关系。在这种情形之下，奥德修斯得以全身而归，并重新成为伊塔卡王。

另外，作者笔下还有一群苦人，以他们的不幸衬托奥德修斯的幸运，可以说这是荷马刻画奥德修斯的第四种笔法——反衬法。同伴埃尔佩诺尔堪称"不幸之典型"："神定的不幸命运和饮酒过量害了我。/在基尔克的宅邸睡着后竟然忘记/重新沿着长长的梯子逐阶而降，/却从屋顶上直接跌下，我的椎骨的/头颈部位被折断，灵魂来到哈德斯"（11：61—65）。如果说埃尔佩诺尔是神明安排的不幸命运所致，那么，被库克洛普斯当做晚餐的艾吉菩提奥斯的儿子："就是矛兵安提福斯，疯狂的库克洛普斯/把他在深邃的洞穴里残害，做最后的晚餐"（2：19—20）以及被斯库拉抓走的六个伴侣："斯库拉这时却从空心船一下抓走了/六个伴侣，他们个个都身强力壮。/……怪物在洞口把他们吞噬，他们呼喊着/一面可怕地挣扎，把双手向我伸展"（12：245），显然，这些人物是奥德修斯的替死鬼和保护层。从形象塑造的角度来说，配角的生死往往容易被人忽略，尤其是在史诗这种以吟唱为表现方式的表演中，听众过耳便忘，但细细考量，纵奥德修斯三头六臂，若无此等不幸之人，奥德修斯也难以安然返家，而正是作者的偏好赋予"英雄"空前绝后的"幸运"。从审美心理的角度来说，"苦难造英雄"，一方面缓解了听众由于英雄所遭受的"苦难"产生的"苦涩感"，达到

"情绪缓和的快感①"，"幸运"则给予英雄足够的生命长度来享受听众的"怜爱"；另一方面，通过群像的"不幸"，即"人生不如意事之八九"的常态来映衬"英雄"的特殊与伟岸，达到"崇高感②"。

此外，奥德修斯作为"高、大、全"的英雄形象，其超凡的个人魅力和超常的动手能力是其"幸运"的资本。《伊利亚特》中一个叫做"海伦"的女人引起了男性世界的血腥杀戮与征服摧毁；而《奥德赛》则是一部男人与女人、人与自然斗争的交响曲。与其说是斗争，不如说是人的自我认识与探寻过程。因而，人的个人魅力成为其中不可或缺的力量。纵然没有两军对峙战场硝烟，但仍饱含生死危机；没有长矛剑戟铮铮有声，亦难逃两情缱绻中的玩物丧志，以奥德修斯为代表的人作为宇宙间最脆弱而又最坚毅的精灵，完成了一生的漂泊与信念的回归。

如果说经历让奥德修斯"成为一个阅历丰富，理解一切事物的人③"，那么，不谙世事的特勒马科斯在一定程度上便是出征特洛亚之前的奥德修斯的影子，两相对应，更加完善了奥德修斯的形象。初为人父的奥德修斯一去二十年，佩涅罗佩执著坚守。试想，一个女子将最好的年华束之高阁，淹没在日夜的思念与无尽的担忧中，其情至笃，语不耆表。更为可贵的是，若佩涅罗佩再婚也并不能使她失掉在伊塔卡的身

---

① 朱光潜，《悲剧心理学——各种悲剧快感理论的批判研究》，张隆溪译，人民文学出版社，第176页，"本能的潜在能量得到了适当的宣泄，……本能的冲动有时会被相反的冲动抑制，或是被社会力量武断地压抑……本能的冲动被压抑后，其潜在能量就会被郁积起来，以致对心灵造成一种痛苦压力……但是，压抑力量一旦被除掉，郁积的能量就可能畅快地排出，在各种筋肉活动中得到适当宣泄。其结果由于是紧张状态的缓和，所以是一种快感"。

② 李秋霖，《康德著作全集——实践理性批判、判断力批判》，中国人民大学出版社，第254页；康德［德］，《判断力批判》，第一部（第二三节），"崇高感是一种间接引起的快感，因为他先有一种生命力受到暂时阻碍的感觉，马上就接着有一种更强烈的生命力的洋溢迸发，所以崇高感作为一种情绪，在想象力的运用上不像是一种游戏，而是严肃认真的，因此它和吸引力不相投，心灵不是单纯的受到对象的吸引，而是更替地受到对象的推拒。崇高所产生的愉悦与其说是积极的快感，毋宁说是惊讶或崇敬，这可以叫做消极的快感"。

③ Cedric Whitman. *Homer and the Homeric Tradition*. Cambridge：Harvard University Press. P175.

份，在这样情势之下，尽管奥德修斯离开的时间足以让一个初生的婴儿成长为须髯的青年，佩涅罗佩的坚守更堪称为奥德修斯个人魅力的最好写照。其次，奥德修斯这位人间英雄不仅征服了"女人中的女神"佩涅罗佩，在女神的世界里亦所向披靡。神女卡吕普索自陈："我对他一往情深，照应他饮食和起居/答应让他长生不死，永远不衰朽"（5：135—136）；"……神女在他面前摆上凡人享用的各种食物，供他吃喝，/她自己在神样的奥德修斯对面坐下，/女侍们在她面前摆上神食和神液"（5：196—199）。在奥德修斯的面前，女神褪去高贵冷酷的面纱，宛然温婉妻子，为夫君仔细布食，纵挽留，也默默等他食用完毕。醋意浓浓，甚至不惜降低神女身份与凡间女子一争高低："我不认为我的容貌、身材比不上/你的那位妻子，须知凡间女子/怎能与不死的女神比赛外表和容颜"（5：211—213）。若说神女只是将奥德修斯当做性伴侣，则荷马不会浪费口舌描情画意，仿佛在奥德修斯被囚禁于卡吕普索岛的多年中已形成习惯，神女对奥德修斯日间的悉心照料可见一斑，更不必提离岛时为他悉心准备的"干粮与顺风"，俨然妻子送别远行的丈夫。

相对来说，神女基尔克承载了破坏性与创造性双重含义，而奥德修斯受益于她的创造性，当基尔克认出了奥德修斯，她从一个潜在的"关卡"变成了指导奥德修斯进行下一步勇闯"冥界"的"军师"。与卡吕普索不同的是，奥德修斯主动在基尔克处住了一年，直到同伴提醒离开，这里表明了奥德修斯作为荷马时代的英雄形象对于"名誉"和"独立精神"的追求。很显然，在卡吕普索处，奥德修斯受到良好照顾，就像"子宫中的婴儿①"，从而失去了英雄的独立性；而在基尔克处，奥德修斯拥有自决权，反而，奥德修斯主动与基尔克生活了一年，

---

① Nelson Conny. *Homer's Odyssey: A Critical Handbook*. Belmont, California: Wadsworth Publishing Company, Inc. P20. "Not only will the environment nurture him like an infant in the womb – note the image of Calypso's cave".

直到同伴提醒。从另一方面来讲，尽管奥德修斯暂时性搁置了回家的路，但并没有放弃迹象。这显示出了人在与自我意志斗争中的反复性，有时甚至沉迷执著于一端，即佛教中所说的"末那识①"。过后尽管基尔克历数了未来归家之路的"先死后生"，但奥德修斯还是选择了起航。实际上，基尔克也正是被奥德修斯不同寻常的"经历魅力"所折服，才实现了从一个潜在的敌手向殷勤的招待者的角色转换。

当然，在雅典娜"……把风采洒向他的头和肩"（6：235）之后，费埃克斯公主瑙西卡娅也见之爱之："我原先以为他是个容貌丑陋之人，/现在他如同掌管广阔天宇的神明。/我真希望有这样一个人在此地居住，/做我的夫君……"（6：242—244）。能够得到女神的呵护是每个"有死的凡人"最大的福音，而希腊众神并不是"东方的菩萨"，有"普度众生"的胸襟，更无任何"宗教传统②"。在雅典娜的眼里，奥

---

① 于凌波居士，《简明成唯识论白话讲记》，财团法人佛陀教育基金会印赠，第29页，"论文十九：然诸我执略有二种：一者俱生，二者分别。俱生我执无始时来，虚妄熏习内因力故，恒与身俱，不待邪教及邪分别，任运而转，故名俱生。此复二种：一常相续，在第七识缘第八识，起自心相，执为实我。二有间断，在第六识缘识所变五取蕴相，或总或别，起自心相执为实我。此二我执细故难断，后修道中数数修习，胜生空观方能除灭。讲解：外道、小乘所说的种种我执，总说只有两种，一种叫作俱生我执，一种叫作分别我执。俱生我执，是过去无始以来，由于虚妄熏习的内在因力，不需要外道邪师的说教及自己的邪分别，就自然的转起，所以叫作俱生我执。俱生我执又分两种，第一种是常相续的执著，这是第七末那识的见分，去缘第八阿赖耶识的见分时，在七八两识的见分上所变出了一个相分，第七识即执之以为真实之我。二是有间断的执著，就是第六意识，缘第八识所变的五蕴相分，或在五蕴的总相上执以为我，或取五蕴任一执以为我，其实这都是第六识产生的幻像，而执著为常、一、有主宰的实我。这两种我执微细隐密，要在修道位上一再修行我空观才能灭除。（注一：修道位，是佛教修行的过程，与见道、无学道合称三道。注二：五取蕴：即色、受、想、行、识五蕴，因为欲、贪称为取，蕴能生取，或蕴从取生，所以称五取蕴。）"

② Clay. J. Strauss. *The Wrath of Athena*. Rowman & Littlefield Publishers, Inc. P133 "Wer, mit einer anderen Religion im Herzen, an diese / Olypier herantritt und nun nach sittlicher Höhe, ja / Heiligkeit, nach unleiblicher Vergeistigung, nach erbar – / – mungsvollen Liebesblicken bei ihnen sucht, der wird un – / – mutig und enttäuscht ihnen bald den Rücken kehren/ müssen. Nietzsche. *Geburt der Tragödie* 3. Tr. by W. Kaufmann: Whoever approaches these Olympians with another re – / – ligion in his heart, searching among them for moral/elevation, even for sactiny, for disincarnate spirituality, /for charity and benevolence, will soon be forced to turn/his back on them, discouraged and disappointed."

德修斯"现在我们这些暂且不说，你我俩人／都善施计谋，你在凡人中最善谋略，／最善辞令，我在所有的天神中间／也以睿智善谋著称……"（13：296—299）。尽管史诗的吟唱中对于奥德修斯的正面描述不着一色，通过"正衬"手法，即能够得到仅次于宙斯威力的女神雅典娜的青睐绝非常人所能，也足以令奥德修斯的光辉形象赫然呈现。

通而观之，两军对峙，不乏本领超群、谋略得当之"战神"，但总体来说，人与人之间的战争是处于同一平台上的实力、战术和领导力之间的较量；但在人神悬殊的角力中，斗争结果不言自明。《荷马史诗》通过描述"知其不可而为之"的奥德修斯历经千辛万苦终于返家的事实讲述了一个无可辩驳的真理：人战胜了神。其实，从人的心灵的认识与成长而言，在战胜了外在的敌人之后，最大的敌人便是自己。无需劳作、长生不死、神女温存、美妙歌声等种种诱惑出现在奥德修斯最为贫苦的时刻，奥德修斯的坚定信念也代表了古希腊荷马时代人类在生存过程中对深层人性以及人与自然关系的哲学思考："人不可僭越神明，不可忘乎所以，才可能成功①。"

2. 特勒马科斯

作为奥德修斯唯一的儿子，特勒马科斯自然地成为伊塔卡无可争议的王储，当然无形之中也就成为求婚者谋求王权路上的最大障碍。奥德修斯征战并漂泊的二十年，恰好是荷马苦心孤诣为特勒马科斯设计的成长历程：从一个呱呱落地的婴孩到青年的蜕变。这个伊塔卡的王子，亲眼目睹母亲的无力，求婚者的恣意，因此，在这样的情境之下，财产观念、男权意识以及旁人口中父亲的影响成为塑造特勒马科斯性格的主要元素。

---

① Michael Clarke. 'Manhood and Heroism'. In Robert Fowler（ed）. The *Cambridge Companion to Homer*. Cambridge：Cambridge University Press. P89.

首先，关于"财产"的观念。在雅典娜幻化成塔福斯人的首领门特斯来到奥德修斯的宅邸时，特勒马科斯并不知晓女神名号，但"心中悲怆"（1：114）的他正在为"傲慢的求婚人"（1：106）懊恼："对目光炯炯的雅典娜说话，/贴近女神的头边，免得被其他人听见：/'亲爱的客人，我的话或许会惹你气愤？/这帮人只关心这些娱乐，琴音和歌唱，/真轻松，耗费他人财产不虑受惩处'……"（1：156—160）看到求婚者们骚扰母亲、私闯家宅，特勒马科斯向这位彻头彻尾的陌生人，直陈心中的不满与惆怅。如此无所顾忌地袒露心声，要么显露出不谙世事，要么便是积压许久，不堪重负。但特勒马科斯脱口而出的并非焦虑王权旁落、母亲受辱，而将"耗费他人财产"置于首位，因为在特勒马科斯的心中，那份"家产"是自己的。由此可见，财产意识在特勒马科斯的头脑中已经日益形成，因而对于财产的忧虑也成为其心头最大的困扰。另外，在公开的场合，特勒马科斯向求婚者义正词严地申明立场时，其中心议题还是表达对耗费他人资财的反对："我要向你们直言不讳的发表讲话，/要你们离开这大厅，安排另样的饮宴，/花费自己的财产，各家轮流去筹办。/如果你们……/无偿地花费一人的财产……/宙斯定会使你们的行为受惩罚，遭报应，/让你们在这座宅邸白白地断送性命"（1：373—380）。这实际上是特勒马科斯第一次向求婚者们发声，并以宙斯的名义警告求婚者们如此乱作之恶果。剖析特勒马科斯话语的深层含义不难发现，作为儿子，他并不反对求婚行为，他所耿耿于怀的还是"耗费自己的家产"。此种认知表现出特勒马科斯正处于人生的重要成长与转型期。从孩童的维度，他已经能够意识到财产的概念；从全局的角度，他并没有认识到求婚者所欲求的并非婚姻，而是王权；至于王权所能带来的，特勒马科斯一直概念模糊，认为能带来财产便可，"当国王其实并不是坏事，他的家宅/很快会富有，他自己也会更受人尊敬"（1：392—393），直到为寻父远行至皮洛斯和斯巴达，他才真正地成长为"英雄的后裔①"。

从全诗来讲，特勒马科斯的成长轨迹非常明显：从懵懂世事的少年经历寻父、谋策、报复逐渐成长为一个有意识重建自己权威和家园的王子，雅典娜的点化作用不可或缺。但不可否认的是，父亲的缺失和求婚者们在奥德修斯宅邸的斑斑劣迹也成为特勒马科斯成长的催化剂。从这个角度来说，特勒马科斯成为荷马的钟爱，——花了大量的篇幅给予特勒马科斯成长的一切要素。可以这样讲，特勒马科斯的成长处于"失父"状态，更加饱尝母子相依的羸弱。"父权"在特勒马科斯的理念中，完全处于"他语"状态。虽然荷马并没有记录每一步成长的艰辛，也从未涉及到第一位求婚者或求婚者来奥德修斯宅邸寻欢的第一日，而是直接过渡到第二十年共108名求婚者日日饮宴，时时笙歌。他们鸠占鹊巢的嘴脸无疑让特勒马科斯的成长充满凌辱的印记，而最直观又最容易被一个孩子理解的便是自己的财产被人鱼肉。因此，"财产"不可避免地成为了特勒马科斯的心病且随着时间和事件的发展日益加深。

其次，作为伊塔卡王储，男权意识一直在伴随特勒马科斯的成长。但是雅典娜亲授他肩上责任之后，男权意识发展为特勒马科斯的显性特征且愈发明晰化。在当时的社会里，母系力量的存在通过求婚者们日日向其母佩涅罗佩求婚而并非直接政变可见一斑，佩涅罗佩实际上成了伊塔卡的王权授予者，尽管她并不拥有实际王权。这一切权力源于她的婚姻，源于她的伊塔卡之王的丈夫。但是，在以战争、海上掠夺为主要收入来源的古希腊社会生活中，男性的主导力量是不可替代的。

当雅典娜揭穿特勒马科斯的身份之后，特勒马科斯将惆怅的心情一吐为快："……都来向我母亲求婚，耗费我的家产，/母亲不拒绝他们令

---

① Nelson Conny. *Homer's Odyssey*: *A Critical Handbook*. Belmont, California: Wadsworth Publishing Company, Inc. P31. "Telemachus had to be baptized into the heroic life, commune with its leaders, and be confirmed in its value or he would never be a trusted ally to his father or a fit successor to the kingship."

人厌恶的追求，/又无法结束混乱，他们任意吃喝，/消耗我的家财，很快我也会遭不幸"（1：248—251）。特勒马科斯表现出对母亲的不满，不谙世事的他当然不懂得与求婚人彻底翻脸对于孤儿寡母的灾难性后果，他更无法站到母亲的立场权衡"结束混乱"的代价。在不成熟的特勒马科斯的视角里，母亲对于求婚者的"暧昧"态度和求婚者的"任意吃喝"组成了"消耗我的家财"的共谋。在这里，特勒马科斯将自己的世界锁定在男权意识的逐渐觉醒与树立的空间范畴，似乎只有梦幻中的父亲与自己同仇敌忾。甚至可以说，在特勒马科斯的世界里，"求婚者"似乎由母亲招致，甚至潜意识里很可能认为"母亲是祸水"，为宅邸引来灾难，所以在母亲请求歌人不要吟唱关于奥德修斯的诗行，以免自己过度悲伤，"深深激起我内心难忍的无限凄怆"（1：341—342）时，他不满反驳："现在你还是回房去操持自己的事情，/看守机杼和纺锤，吩咐那些女仆们/认真把活干，谈话是所有男人们的事情，/尤其是我，因为这个家的权力属于我"（1：356—359）。特勒马科斯的突然成长使母亲觉得儿子"判若两人"，"佩涅罗佩不胜惊异，返回房间"（1：359）。在母亲毫不知情的形势之下，得到雅典娜指点的特勒马科斯已经决意寻找父亲的消息，因此，这个在母亲的庇荫下的孩童突然之间大声宣称自己作为"男人"的身份和权力，一方面使母亲"惊异"，另一方面，这些掷地有声的话语从一贯心中惆怅的少年口中说出，在讲给母亲的同时，也讲给当场的每一位求婚者。从这个层面上来说，这不仅是为第二天广场演说的彩排，也是特勒马科斯本人"男权意识"觉醒的呐喊。值得一提是，尽管雅典娜赋予了特勒马科斯勇气，但一张白纸的他当然还不能认识到求婚者的本意并非母亲的爱情、婚姻而是母亲手里的王位。在荷马描述特勒马科斯青葱的痕迹中展现的正是生命的力量，因为特勒马科斯在代表自己的同时，也代表着奥德修斯的精神与魅力在人世间的繁衍不灭。尽管这一过程是要经历错误、失误而走向成熟。同时，特勒马科斯日益清晰的"男权"意识既是人物自身成长的需要，也是后续情节中特勒马科斯"寻父"和"与父报仇"中的不竭动力，即为维护男权和荣誉而不断进行的忍耐、克制训练，最终磨炼心志并成熟起来。在弓箭比赛的环节中，特勒马科斯的"男权意识"发展到顶峰："亲爱的母亲，没有哪个阿开奥斯人/比我更有权决定把这把弓给谁或拒绝，/……任何阿开奥斯人也不得阻挠反对我，/即使我把这弓永远赠这客人带回家。/现在你还是回房把自己的事情操持，/看守机杼和纺锤，吩咐那些女仆们/认真把活干，这弓箭是所有男人们的事情，/尤其是我，因为这个家的权力属于我"（21：344—353）。一样的语言，程式化的结构，如果说第一卷中的特勒马科斯是因为受到女神指点大喜过望，"男权意识"懵懂孕育，现在的特勒马科斯则已经从"自发"走向了"自觉"。尤其是在父亲的言传身教和父子谋划复仇大计的过程中，特勒马科斯一步步走向成熟，并彰显自己作为奥德修斯的儿子的霸气"如果你愿意，亲爱的父亲，你会看到，/我不会如你所说，玷污祖先的荣誉"（24：511—512）。

另外，作为奥德修斯的儿子，不可避免地要受到奥德修斯的感染，呈现出相似的气质，甚至可以说荷马是把特勒马科斯当做奥德修斯精神的延续来进行刻画的。首先从外在气质方面，子承父传，"古代社会神的喜好是通过'女人生子类父辈'来体现的[①]"。当特勒马科斯寻父到皮洛斯，还未表明来意，革瑞尼亚策马的涅斯托尔便说："……看着你我不禁惊异，/因为你言谈也和他一样，谁会想到/一个年轻人谈吐竟能和他如此相似"（3：123—125）。如果说表明来意之后的赞誉只是客套寒暄，但此时涅斯托尔恰好"言为心声"，所以，特殊的身份在这里帮助特勒马科斯在出征的第一站就成功获得了主人的款待与帮助。突出的是，在《奥德赛》的文本里，"以貌取人"的痕迹非常明显，一方面英

[①] Saïd Suzanne. *Homer and the Odyssey*. Oxford：Oxford University Press. P239；Hesiod, *Work and Days*. 235. Translation by M. L. West slightly modified.

雄的形象更加突出，另一方面，则从容貌上便有了截然对立的社会阶层——奴隶主、自由民和奴隶。换句话说，截然对立的分别恰恰是对奴隶主贵族统治的坚定维护，从而反映了荷马等吟唱诗人驻扎于各大权贵家中，为权贵高歌的政治本色。

当墨涅拉奥斯提到奥德修斯留下初生儿离去时，特勒马科斯"泪水夺眶往下趟"（4：114）情至深处身份暴露，"墨涅拉奥斯看出他身份"（4：116），但未公之于众，"心里和智慧正这样思忖"（4：120），妻子海伦一语道破"……我一见心中便惊异不已，／就像他相像于勇敢地奥德修斯的儿子／特勒马科斯，……"（4：142—144）；然后金发的墨涅拉奥斯才说："……因为他也是那样的双脚，那样的双手，／那样的眼神，那样的头颅和头发"（4：149—150）。到现在为止，无论从容貌、四肢还是言谈举止甚至眼神，特勒马科斯的形象逐渐清晰，而且处处闪现奥德修斯的影子。

如果说形式上的模仿只是天生贵族相，后经过寻父出访的经历，特勒马科斯的人生和人性得到了巨大的锻炼与成长，逐渐地拥有了奥德修斯的勇气与智慧、谋略与胸襟。比如在奥德修斯装扮老乞丐与乞丐伊罗斯较量之后，母亲责怪儿子"心智与思想与天性不相称"（18：220），而特勒马科斯的回答是：我现在已明白事理，知道一件件事情，／分得清高尚和卑贱，虽然以前是孩子。／……我想天父宙斯、雅典娜和阿波罗祈求，／但愿现在在我们家聚集的众求婚人／也能这样被打垮，一个个垂头丧气，……（18：226—237）在这里，特勒马科斯明明知道打败乞丐伊罗斯的是自己的父亲，但父子相识的狂喜并未形露于色，不失理性地应付尚蒙在鼓里的母亲的种种发问，与广场上的和盘托出形成鲜明对比，试勒马科斯心智的成长可见一斑。同时，母亲的良好教育亦得显现——容貌可能遗传，但心性的磨炼无疑与后天的教育密切相关，因此，特勒马科斯的良好言行除了有雅典娜女神的亲身指导之外，与母亲长期的良好教育不无关系。

　　另外，儿子的意象在古希腊神话中并不鲜见，如作为杀父娶母的儿子"俄狄浦斯"、为父报仇杀死母亲的阿伽门农之子"艾瑞斯特斯"、宙斯之子"弑阿尔戈斯神赫尔墨斯"等等。作为神化英雄奥德修斯的儿子，特勒马科斯具有积极正面的形象，代表"成长"。前面已经提到，奥德修斯二十年的漂泊就是在等待特勒马科斯的长大，在父亲的影响下成长为智勇双全的英雄。特勒马科斯的角色一定程度上可能反映了当时伊塔卡的"政治权力状况①"，但需要指出的是，这样匠心独运的设计更多地体现了人性的绵延不绝，而且也暗含了古希腊民族成长的历程。从一个呱呱坠地的婴儿，经过漫长的与自然斗争、与社会相融的岁月，智慧多思的古希腊人终于摸索出得以保全生命的宝贵经验——财富第一、荣誉至上，而这样的信念正是由大海的多变以及频发的战争所赋予这个民族特有的礼物。

　　3. 佩涅罗佩

　　佩涅罗佩具有多重身份，一方面，她是奥德修斯的妻子，在荷马时代的古希腊，她是奥德修斯财产的一部分②。同时，她通过婚姻具有了

---

　　① Nelson Conny. *Homer's Odyssey：A Critical Handbook*. Belmont，California：Wadsworth Publishing Company，Inc. P28. "Telemachus' position in the *Odyssey* raises questions about the political structure of Ithaca，or at least indicates that Homer has left much unsaid about the conditions of royal tenure."

　　② 利奇德，《古希腊风化史》，杜之、常鸣译，辽宁教育出版社，第 25 页，"在《荷马史诗》中，男人娶亲通常是向女方父母买来新娘；他得付钱买聘礼，即新娘的彩礼"；第 29 页，"希腊人普遍相信女孩和妇女最好还是呆在女人特定的地方，她们在这些地方不需要书本知识"；第 30 页，"未婚女子是家中的一个宝贵财富，他们一旦被嫁出去，男方就得付给女方家里一份补偿"；第 34 页，"男子娶妻主要是为了生养孩子，这不仅是在按照正式订婚之后，'需要传宗接代'的准则，（参见卢奇安《提蒙》，17；亚历山大的克雷芒，《斯特洛马忒》，第二卷，421；普鲁塔克，《利库尔戈斯与努马之比较》，4）；第 64 页，"如果丈夫背着妻子把一个妓女带回到家里，被妻子发觉后他可以不受任何处罚。但是妻子若敢背着丈夫跨出家门，她的丈夫就找到了借口，她就要被休走"。编者按：综上所述，由于缔结婚姻关系时，丈夫与母家存在彩礼即财务问题；婚嫁后，尽管书中并未明确指出，但从女子在婚姻中不自由的地位和严格约束来讲，妻子是丈夫财产的一部分。另外，一旦被休，妻子母家还要被要求退还彩礼（《奥德赛》8：318）。另：Wright. F. A. *Feminism in Greek Literature*. George Routledge & Sons，Ltd. P16. "A woman，even a free - born woman，is the property of the man who is her husband."

一定的政治身份——伊塔卡的王后，而且与她再婚的人承继王位，可以说，她虽然没有实际的王权，但是，她是王权的捍卫者，拥有王权的授予权；最后，她还是特勒马科斯的母亲。因此，在佩涅罗佩的世界里，三种重要的身份交相重叠，造就了她的聪明机智、处乱不惊，同时，她还具有女性天生的柔弱无助。而二十年的坚定守候，更是体现出女性的美德——为爱的守候。如果说佩涅罗佩是忠诚贞洁的，恐怕叙述的视角又重新站在男性主义的话语权下——这是女人的本分。但在史诗中，佩涅罗佩的笔墨不重，却处处体现出女性的爱情观——佩涅罗佩深爱奥德修斯，所以她的漫长等待更突出她对于爱情的坚定。另外，丈夫走后，她深居简出，高居阁楼暗含远离人群，回到少女时代的生活①，表明她的贞洁。

出场便定下了佩涅罗佩在全诗中的基调——哀伤不失仪态"缓步走出房门，顺着高高的楼梯，/不是单独一人……/含泪对神样的歌人这样说：/……他总是让我胸中心破碎，……/（1：329—341）""高高的楼梯"一方面显示出佩涅罗佩深居简出，另一方面，也从意象上定格了佩涅罗佩的地位——高高在上但是孤独。有"侍女的陪伴"和"系着光亮的头巾，罩住自己的面颊"如此装束，体现了当时当地的风俗；另一方面根据现代伊斯兰教对于妇女仪表的规定②，这样的装束无疑是拒人千里之外，尽管并没有证据证明当时的古希腊地区是现在伊斯兰宗教兴起的源头。

当儿子首次公开地展示男权意识的时候，佩涅罗佩"不胜惊异，返回房间/把儿子深为明智的话语听进心里。/……禁不住为亲爱的丈夫奥

---

① 利奇德著，《古希腊风化史》，杜之、常鸣译，辽宁教育出版社，第30页，"'年轻女子'特别是在她们出嫁以前，必须得过着一种与世隔绝和我们现在看来毫无乐趣的生活"。

② 《古兰经大义》，杨敬修、仲明氏译，北平伊斯兰出版公司，"须谓信女云：'著该闭彼目，监其私，不露其饰，维其闲显者；著以鳞搭在彼襟之下，不露其饰，维为其媚，或其诸父，或其诸媚父，或其诸子，或其诸媚子，或其诸同胞，或其男胞子，或其女胞子，或其诸妇，或其手掌者，或非有需之从者，些男，或婴，夫未灼妇羞者不以其脚踏，为知该隐之其饰，须忏于主俱，孰手信徒啊！庶尔适'。"（24：30—31）

德修斯哭泣……"（1：360—363），此处表明佩涅罗佩对于儿子的尊重和顺从，尽管惊异于儿子的突然改变，但还是听从儿子的话语，回到房间，沉浸在自己的悲伤之中。一个女人的柔弱通过有声的语言和无声的哭泣交相辉映，令人怜爱。

需要指出的是，诗人在描述佩涅罗佩的时候，展露了女性的视角和智慧，以一种阴柔的力量实际上为特勒马科斯的成长与奥德修斯的回归争取了时间，"以财富买时间"在现代的视角下是睿智的表现。但对于当时不知未来走向的佩涅罗佩来讲，则是无奈之举。她自己很清楚求婚者每日的浑浑噩噩，恣意挥霍。"他们在这里常聚宴，耗费许多食物，/智慧的特勒马科斯的家财，……"（4：686—687）当她得知求婚者们企图杀死特勒马科斯，"双膝无力心瘫痪，/立时哑然难言语；她的双眼噙满了/涌溢的泪水……"（4：703—705），得知儿子在不知神明的鼓励下，前去探听奥德修斯的消息，能做的只能和女奴们一起悲恸，真实地反映出作为母亲的自然心性和特质——面对孩子可能遇到危险的牵肠挂肚和极端无助。而且，对于佩涅罗佩来讲，特勒马科斯也是除了不知生死的奥德修斯之外唯一的寄托和希望，"倘若我预先知道他谋划作这次远行，/那时或是他留下来，不管他如何向往，/或是他把我留下，我已死在这宫里"（4：732—734），这正是奥德修斯离家二十年母子相依为命的写照。

佩涅罗佩之所以是"女人中的女神"，纵然也分享"惊恐无助"这一所有女人在危难面前的特质，但她更深刻的忧虑远远不止于此。她一方面心系儿子的生死，另一方面灵敏的直觉让她感觉"被人赶进包围圈"（4：792）。只有在梦中，那个隐性的环境，佩涅罗佩才以正面的形象和自己的心灵对话。"他还年幼，不知艰苦，不谙世故。/我为他忧心远远胜过为自己的丈夫，/我很害怕，担心他会遭到什么不幸，/或是在他前往的国土，或是在海上。/许多人心怀恶意，企图对他加害，/要在他回到故乡之前拦截杀死他"（4：818—823），当得知儿子安全时，对丈夫情况的询问脱口而出，"那就请你告诉我那个不幸的人的命运，/他现在仍然活着，看得见太阳的光芒，/还是已经死去，去到哈德斯的居所"（4：832—834），在梦中，佩涅罗佩摘掉了面纱，敞开了胸襟，将自己灵魂最深处的思绪得以展露。

其实，身居高楼之上的佩涅罗佩当然知道求婚人的实质目的所在，更清楚任何贸然的行动都会给母子带来灾难性的后果。因此，即使她知道财产重要，在安危面前财产也只能退居其次，体现了佩涅罗佩作为成年人、作为一国王后的智慧。当又一次得知求婚者还在密谋残害特勒马科斯时，佩涅罗佩勇敢地走到求婚人面前，满腔怒火质问安提诺奥斯，揭穿其虚伪的面纱，历数奥德修斯昔日恩情，质问今日缘何恩将仇报，浪费恩人财产，向王后求婚，并加害王子。这是佩涅罗佩第一次直面求婚者的演讲，也是佩涅罗佩为数不多的大段独白，道出她对于求婚者的真实态度，尽管平日尽量招待，却心明如镜。"王后回到自己明亮的阁楼寝间，/禁不住为亲爱的丈夫奥德修斯哭泣"（16：449—450），哭泣是最为平常的事情，可以说，是女人无助心境的直观写照，但佩涅罗佩在对手面前，异常淡定和坚强，而泪水和孤寂①只属于自己。

当特勒马科斯回来之后，佩涅罗佩的形象发生了一些改变。通过这次的旅行，特勒马科斯已经丰富了自己的经历。关键的是，他已同生父相认，也就是说，奥德修斯的出现是特勒马科斯的人格重新再造的过程，从此，他已经形成了与父亲的天然同盟，而母亲的地位则更加边缘化。

在特勒马科斯广场演说的时候，佩涅罗佩的"织寿衣计"是通过安提诺奥斯之口表述"她这人太狡猾。/已经是第三个年头，……她一直在愚弄阿开奥斯人胸中的心灵。/对我们这样说：'我的年轻的求婚

---

① Nelson Conny. *Homer's Odyssey: A Critical Handbook*. Belmont, California: Wadsworth Publishing Company, Inc. P45. "She had no companion of her own age, no real friend, no one to whom she could pour herself out reservedly."

人，英雄奥德修斯既已死，/你们要求我再嫁，且不妨把婚期稍延迟，/待我织完这匹布，免得我前功尽废弃，/这是给英雄拉埃尔特斯织造做寿衣，/……就这样，她白天动手织那匹宽面的布料，/夜晚火炬燃起时，又把织成的布拆毁。/……他们谁也不及佩涅罗佩工于心计'"（2：88—121）。计策的实施需要三年以上的时间跨度，因此，通过安提诺奥斯之口将事情原委道清，减少了不必要的冗繁。同时，通过第三者的叙述，更容易展现佩涅罗佩的性格特征，因为第三者的视角将评论部分很自然地揉进内容的陈述。同时，也正是这一场场拖延的努力使得佩涅罗佩和求婚者双方的情绪步步推高，最终爆发，并走向高潮。由此可见，在这许多年的折磨中，佩涅罗佩忍辱负重，并非不爱惜丈夫和儿子的财产，而是非常成熟地认识到了灾难性的恶果，可谓"有知之明"。因而，她巧妙地运用女性独有的手段默默反抗，并通过他人之口，将佩涅罗佩的心灵手巧、勇敢机警的特点深深映入听众脑海。尽管佩涅罗佩的出场总是带着面纱，关于她的正面形象描写也不多，但从剧情的角度来说，这些技巧的运用实为高潮部分的蓄笔之作。

佩涅罗佩的正面出场是在儿子有性命之忧时与求婚人的冲突，并以大段对白陈之以理。尽管随着情节的发展，佩涅罗佩愈发悲怆，但仍不失其善良本性。当听说有人在厅堂殴打乞丐，便对侍女说："但愿善射的阿波罗也能射中此人"（17：494）。佩涅罗佩的善良形象已然深入人心，而此时"善良的愤怒"恰反衬出求婚人的蛮横无理："大逆不道天必诛之。"佩涅罗佩并非搬弄是非之人，深居简出，二十年如一日地生活在对丈夫的期盼和对儿子的培养中，对落魄的外乡人，甚至乞丐都愿施以援手。反而，这样善良的女性口中居然道出"奶妈啊，他们个个可憎，在策划灾难，/安提诺奥斯尤其像黑色的死亡一样。/那个不幸的外乡人来到我家乞讨，/求人们施舍，须知他也是为贫困所逼迫"（17：499—502）。一方面体现了佩涅罗佩对待贫弱之人的善行，另一方面也控诉了求婚者恩将仇报的丑恶嘴脸，而对于细枝末节的明察秋毫，比如从潦倒的外乡人身上打听奥德修斯的消息："高贵的欧迈奥斯，你去把那个外乡人/请来这里，我想和他说话询问他，/他是否听说过受尽苦难的奥德修斯，/或亲眼见过，他显然是个天涯浪迹人"（17：508）。第一，体现佩涅罗佩不势利，不以貌取人；第二，聪慧。她认为天涯浪迹的人不可小觑，他们见多识广，有可能知道或曾经见过奥德修斯本人，所以她不愿放弃任何寻找奥德修斯的蛛丝马迹，正所谓"青青子衿，悠悠我心①"。此外，佩涅罗佩对丈夫的深爱还表现在对自己丈夫的信任和引以为豪："只因为没有人能像/奥德修斯那样，把这些祸害赶出家门。/倘若奥德修斯能归来，返回家园，/他会同儿子一起，报复他们的暴行。"（17：537—540）这么多年来求婚人荒废家财，佩涅罗佩唯一有力的精神支柱莫过于对奥德修斯的等待，她坚信神勇的丈夫一定能够保卫家园。所以，对于佩涅罗佩来说，一切的胜算和希望②全都放在奥德修斯的身上，尽管这二十年来"丈夫"只是一个概念，但恰恰就是这样的一个概念书就了她的一生。

对于佩涅罗佩来说，"掌管奥林波斯的神明们早已毁掉/我的容颜，自从他乘坐空心船离去"（18：180—181），奥德修斯的离开使得佩涅罗佩的生活形如枯槁，虽千辛万苦，但自己只能坚守着爱情和家。"但愿圣洁的阿尔特弥斯快快惠赐我/如此温柔的死亡，免得我心中忧悒，/消耗生命的时光，怀念自己的丈夫"（18：202—204），寥寥数语道出佩涅罗佩这么多年的度日如年，生不如死，以致她热切期盼死亡，尤衬其苦。

如果说佩涅罗佩不时地避免和求婚人的正面冲突是讲究策略，那么对儿子的责怪则是其软硬兼施的表现。在求婚人要求奥德修斯装扮成的

---

① 《诗经·郑风·子衿》。

② Peyrefitte Alain. *Le Mythe de Pénélop*. Librairie Arthème Fayard. P150. "À ce degré, sa confiance n'est plus un simple pari."（编者译：从某种程度上说，她的信心不再只是简单的赌注）。

乞丐与伊罗斯决斗毕，佩涅罗佩斥责了特勒马科斯"竟让外乡人如此遭辱受欺凌！"（18：222）一方面体现母亲对儿子的严厉管教，另一方面，在所有求婚人面前更进一步强调自己和特勒马科斯的主人身份，这种印记的不断加深无疑增强了母子的勇气和家园意识。回答欧律玛科斯的责难时又说："想当年他告别故乡土地远行别离时，/曾握住我的右手腕，对我叮嘱这样说：/'……我离开家之后你在家照料好父母双亲，/……但当你看到孩子长大成人生髭须，/你可离开这个家，择喜爱之人婚嫁。'往日的求婚习俗并非如你们这样，……他们从不无偿地消耗他人的财物"（18：257—280）。从丈夫关于家务的交代渐渐过渡到财物问题，在佩涅罗佩刚柔并济的陈述中，一切又显得合情合理，很让求婚者受用。尽管对于佩涅罗佩并没有很多的神情描写，但寥寥数语和求婚者的表现使佩涅罗佩的形象跃然纸上。纵观佩涅罗佩历经的事件，从日织寿衣夜剪布到现在公开谴责求婚者消耗他人财物并索聘礼，一方面她以肯定的答复稳住求婚人，给以希望；另一方面，内紧外松地想法自救。

在第十九卷中，佩涅罗佩直接向"外乡人"袒露心声，其实这时的"外乡人"便是奥德修斯本人。通过对"外乡人"的大段独白，讲述了佩涅罗佩思想变化的来龙去脉，尤其是"织寿衣计"这样的突出事件在一遍遍吟诵中，从不同人的口中展现各异的立场与看法，以此加强听众对事件的了解，有利于听众对人物性格的把握。另外，有的细节虽一笔带过，比如"母家劝其再嫁"——即母家的压力，又丰富了事件的表达。因为佩涅罗佩深深懂得，也只有外乡人，不会有利益上的冲突，才能建立一定的沟通桥梁，这点认识便是超于寻常妇女的智慧之处。因此，段段独白既可以展现佩涅罗佩的柔弱无力，又娓娓道出在这个女人的肩上所承担着的来自于求婚者、儿子、母家甚至女仆的压力，可谓如履薄冰。再次，"强行求婚"实际上已经发展成了"逼婚"，孱弱的孤儿寡母每天不得不暂时收起对亲人的思念、无暇顾及被人挥霍家财的危机，因为任何不当的行动或言语还可能带来更大的灾难。情势的危机与复杂更彰显了佩涅罗佩的勇气、智慧与对奥德修斯深深的爱。

同时，听到"外乡人"描述见过的奥德修斯，"边听边流泪，泪水挂满脸"（19：204）。坦白地说，这肯定已不是第一次听到旁人描述奥德修斯，但每一次机会她都不会错过，同时，每一次都会流泪悲恸，"哭泣自己的丈夫"（19：209）。但情绪"卡塔西斯①"的过程完结之后，她仍然不能完全相信，"我现在还想对你做考验，/……请说说他当时身上穿着什么样的衣服，/他的什么模样，一些什么样的同伴跟随他"（19：215—219）。佩涅罗佩思夫心切不假，却可以迅速恢复理智，说明她的情绪控制能力很强，也说明一定有不少的人多次拿着这样的噱头欺骗过她，所以，佩涅罗佩的多疑也从侧面反映出这二十年所经历的磨难困苦。

在走投无路只能以箭订婚之时，在库房中放声哭泣的佩涅罗佩与"系着光亮的头巾，罩住自己的面颊"的形象形成鲜明反差，表明她把最真实的感情留给自己，而在求婚人面前永远不失礼数、仪态端庄。值得指出的是，在这一情节中，佩涅罗佩无所顾忌地表达了女主人的愤怒——"列为高贵的求婚人，暂且听我进一言，/你们一直在这座宅邸不断地吃喝，/自从这个家的主人长久地在外滞留。/你们并无任何理由这样做，/只是声称想与我结婚做妻子。/好吧，求婚人，既然已有奖品，/我就把神样的奥德修斯的大弓放在这里，/如果有人能最轻易地伸手握弓安好弦，/一箭射出，穿过全部十二把斧头，/我便跟从他，离开结发丈夫的这座/美丽无比、财富充盈的巨大宅邸，/我相信我仍会在梦中把它时时纪念。"（21：68—79）此段陈词，佩涅罗佩历数求婚者之

---

① 亚里士多德［古希腊］著，《诗学》，陈中梅译注，北京：商务印书馆，第227页："Katharsis 既可指医学意义上的'净洗'和'宣泄'，亦可指宗教上的'净涤'。据亚里士多德的学生阿里斯托克塞诺斯（Arisyoxenos）所叙，毕达哥拉斯学派的成员们用药物治疗身体上的疾病，用音乐（mousikē）'洗涤'不纯洁的心灵。经过洗涤，心灵是静谧而和谐的。"

不德行径，并揭穿求婚人的骗局，"只是声称"道出他们心中诡计，实际上，其所作所为早已亵渎婚姻，只是打着婚姻旗号进行财富和权力的强占与掠夺。于是，佩涅罗佩拿出丈夫心爱的弓箭，若说以前皆为被动的躲避，现在的佩涅罗佩无路可选，只能主动出击，公然挑战求婚人：我的丈夫是可以拉弓射箭的，以前奥德修斯可以，现在你们也要可以才有资格求婚。于是，在"佩涅罗佩的愤怒"中弓箭竞赛成为了求婚者们与奥德修斯的竞技项目，尽管在佩涅罗佩和求婚者的眼中，奥德修斯并未归家，但他的胜利已经在众人面前赫然矗立。显然，奥德修斯的影响和威力现在已然成为佩涅罗佩的保护伞，陪她度过未来的场场灾难和挑战。这也正是佩涅罗佩智慧和勇气的不竭来源。

最后在全诗高潮"婚床相认"一节中，奶妈欧律克勒娅告诉佩涅罗佩丈夫归来的消息后，佩涅罗佩宁疑毋信，纵二十年来日思夜盼，但不想竟如此突然。多年的不安定已然将温婉贤淑的佩涅罗佩变成一位睿智的妇人，她警觉地洞察世界，谨慎地表达情绪，又心力交瘁地为儿子和家庭谋划，因此，现在佩涅罗佩的审慎丝毫不令人意外，恰恰是她的谨慎也才让人深感悲哀。一个女人活得像警犬一样，岂不是男人保护不当之过失？当奶妈反复强调主人的归来，佩涅罗佩"兴奋地从床上跳起，/伸手搂住奶妈，禁不住双眼热泪盈，/开言对她说出有翼飞翔的话语：'……他孤身一人，他们却总是聚集在这里'"（23：32—38）。在这段情节里，佩涅罗佩动作幅度加大，一改先前出场的拘谨，"跳起""搂住"等动作逼真，画面清晰，同时对丈夫的担心也脱口而出"他寡不敌众，如何获胜"。多年来，阴魂不散的求婚者已经形成佩涅罗佩巨大的心理阴影。当得知奶妈并未亲眼见到奥德修斯屠杀众人的场景，佩涅罗佩的审慎又一次展露，"亲爱的奶妈，你不要欢笑得高兴过分。/……或许是哪位天神杀死了高傲的求婚者，/……至于我的奥德修斯，/他已经死去，早就不可能返回阿开亚"（23：59—68）。在佩涅罗佩的世界里，尽管求婚者的死亡消除了她的心头积云，但并没有具有说服力的证据表明英雄就是奥德修斯本人。因此，佩涅罗佩的谨慎出于正常反应，直至听众都已按捺不住，迫切希望夫妻团圆。

也就是说，在荷马的吟诵中，欲扬先抑的技巧已经炉火纯青，听众的心随情节跌宕起伏，从而提升欣赏的快感。当奶妈告诉她脚上的伤疤，这便是确认奥德修斯身份的有力证据，但佩涅罗佩喜怒未形于色，"亲爱的奶妈，即使你很聪明多见识，/也很难猜透永生的神明们的各种计策。/但我们走吧，且去我的孩子那里，看看被杀的求婚者和杀死他们的那个人"（23：81—84）。要么神明曾经欺骗过她，要么便是佩涅罗佩保持着女人的羞涩，并不好将自己狂喜的心灵暴露在奶妈以及其他女奴面前。但实际上，她的心里已有波动，"是与亲爱的丈夫保持距离询问他，/还是上前拥抱，亲吻他的手和头颈"（23：86—87）。但实际上，她并未做任何动作。全诗的高潮"夫妻相认"的场面便是以慢镜头切换的方式润物无声地到来。包括诗中人物与听众，这一刻的等待漫长而痛苦，重聚又是如此令人难以置信，从而更显团圆之珍贵。特勒马科斯的责备冲破了静寂的等待，责备母亲无情，而佩涅罗佩并不像以前"表情惊异，顺从儿子，返回房间，默默哭泣"，而是告诉儿子心中的疑惑"我们会有更可靠的办法彼此相认。/有一个标记只我俩知道他人不知情"（23：109—110）。婚床环节水到渠成，通过婚床一方面可以看到奥德修斯对于婚姻的重视和热情；另一方面，以婚床为隐喻，代表夫妻间的秘密，也从侧面反映了夫妻关系的和睦。佩涅罗佩很自然地要求欧律克勒娅把婚床搬出外面，若非奥德修斯本人，即使同乡人也很难记得婚床是坚固而不能移动的，所以婚床的标记可谓一个比较保险的证据。当奥德修斯对答如流时，佩涅罗佩双手紧抱奥德修斯的脖颈："奥德修斯啊，不要生气，你最明白人间事理。/……现在请不要对我生气，不要责备我，/刚才初见面，我们有这样热烈相迎。/须知我胸中的心灵一直谨慎提防，/不要有人用花言巧语前来蒙骗我，/现在常有许多人想出这样的恶计"（23：205—217）。当确认了眼前的人就是分别二十年的奥德修斯，佩涅罗佩才放松警惕，热切欢迎丈夫。重重迷雾表明二十年的坚守不仅需要一个女人爱得真挚、坚强守候，更重要的是要有足够的智慧，而佩涅罗佩便是这智慧①与美的化身。

（二）忠心的奴隶

1. 欧律克勒娅

欧律克勒娅作为一个奴隶，荷马对于她的形象刻画与笔墨花费并不亚于任何贵族形象。

首先，欧律克勒娅具有特殊的身份。"善良而智慧的欧律克勒娅，/……拉埃尔特斯还在欧律克勒娅年轻时，/花钱把她买来，用二十头牛做代价，/在家里对待她如同对待贤惠的妻子，/但没碰过她卧榻，免得妻子生怨气"（1：428—433）。开篇名表，欧律克勒娅是以妾的身份被买进，但是由于拉尔爱特斯惧怕妻子不悦，欧律克勒娅并未履行妾的职责，但是"如同对待贤惠的妻子"足见欧律克勒娅在奴仆中的地位非同一般，同时也反映出奴隶主购买的女奴一方面用来做家务，另一方面还用于奴隶主消遣。由此可见，奴隶买卖②在当时颇为流行。

其次，身份的特殊还表现在欧律特勒娅差事的特殊——看守奥德修斯的库房：进入库房的两扇合缝严密的门板/紧紧关闭，由一名女仆日夜看守，/就是佩塞诺尔之子奥普斯的女儿/欧律克勒娅，无比警觉的保管他们（2：344—347）。奥德修斯的所有财产几乎全部都存在这间库房，从"严密的合缝的门"可以看出此地的重要。另外，"一名女仆"，说明了此女仆的忠心深得主人的信任。

---

① Saïd Suzanne. *Homer and the Odyssey*. Oxford：Oxford University Press. P277. "The masculine wisdom embodied by Odysseus consists in sacrificing to the gods (1：65—7) and giving good advice to other men (3：128—9 and 16：241—2). For a woman like Penelop, wisdom is identified with conjugal fidelity."

② 晏绍祥，《荷马社会研究》，上海：三联书店，第264页："外来奴隶按照来源大体上可分为两类：买来的和打劫来的，并以后者居多。"

再次，特勒马科斯受雅典娜指点，要出行寻父，与他相依为命的母亲尚不知此行，欧律克勒娅却已经知晓"这件事只有你知道，你把它们堆放好，／待到晚上我母亲登上楼层卧室，／就寝安眠后，我便前来把它们取走"（2：356—358）。不仅是奥德修斯和佩涅罗佩信任她，连特勒马科斯也一样地信任，将自己最为隐秘的行动和盘托出。一方面需要她的帮助——准备"干粮"，关键的是特勒马科斯将全部行程的目的亦一一告知。欧律特勒亚作出回应"泪流满面地说出有翼飞翔的话语"（2：362），表现了欧律特勒亚的内心震撼，显露出对主人遭遇的深深同情，这是真情的流露。尽管热切期盼主人归家，但亦不会对少主人的担忧，"当你一离开，他们立即会暗中作恶，／把你谋害，把你的家产全部瓜分。／你还是留下来看守家产，没有必要／到波涛汹涌的海上受苦难，到处漂泊"（2：367—370）。欧律克勒娅日日目睹求婚者的罪行与横行，终日忧心忡忡的是主人的财产和安危。现在小主人又要出行，不再年轻的她以长辈的口吻告之潜在的危险，就像祖母叮嘱自己的孙儿。而且特勒马科斯一家人都称呼她为"奶妈"。同样的奶妈，《红楼梦》中贾宝玉的奶妈便大相径庭："她是你哪一门子的'奶奶'，你们这样孝敬她？不过是我小时候吃过她几日奶罢了，如今惯的比祖宗还大，撵了出去大家干净①!"尽管在《奥德赛》全篇中并未有关于欧律克勒娅结婚的记述，她也更不曾与奥德修斯或特勒马科斯有喂奶之亲，但从小侍候父子二人长大的情谊已然得到主人深深的信任。所以，从奴隶的地位来讲，欧律克勒娅已经做到了奴隶中的"女神"；而"李奶奶"却屡屡以"喂奶"自居，因其行为不检点遭到主人厌恶。显然，欧律克勒娅与"李奶奶"不同，她已经将自己的心思全部放在了这个家族的生死存亡上。当得知特勒马科斯的出行可能有神明的启示，欧律特勒亚遵照主人的吩咐庄严起誓，并助主人出行。

---

① 曹雪芹、高鹗著，《红楼梦》，启功等整理，北京：中华书局，第68页。

当王后佩涅罗佩得知儿子未秉母亲已然出行，且求婚人意欲加害之时，助其隐瞒的欧律特勒亚将前因后果如实禀报并要求接受任何惩罚，"亲爱的夫人，你可用无情的青铜杀死我／或是仍让我留在你家里，我都不隐瞒。／我知道全部实情，并给了他所需的一切，／给了他食品和甜酒，他要我起了大誓，／不把事情告诉你……／免得悲哭损毁了你那美丽的容颜"（4：743—749）。不仅如此，得知佩涅罗佩意欲报告奥德修斯的父亲，欧律克勒娅悉心安慰并希望不要打扰老人，"女神到时候定会拯救他免遭危难。／请不要给痛苦的老人添痛苦，常乐的神明／不会永远憎恨阿尔克西奥斯的后代，／我想他们会让他留下来继承／这高大的宫殿和远处那大片肥沃的土地"（4：754—757）。寥寥数语春风化雨，一方面，事无巨细讲述一切以安慰伤心的母亲——二十年与儿子相依为命，奥德修斯的缺位很大程度上是由儿子来支撑的，儿子便是唯一的寄托和希望。出于理解，尽管已经起誓，欧律克勒娅冒着被神明诅咒的危险，一一汇报来龙去脉，自愿承担任何惩罚，其忠心可表；另一方面，请求佩涅罗佩沐浴更衣为孩子祈福，这也是作为奴隶出身的欧律克勒娅能够想到的最好的办法。第三，"不要给痛苦的老人添痛苦"，表现出了对奥德修斯父亲拉埃尔特斯的深情厚谊，奥德修斯的离去和他母亲的去世已经让这位骈居果园的老人孤独无依，现在家里的纷杂又要去叨扰老人家，欧律克勒娅深觉残酷，于是相劝。这些都体现出欧律克勒娅虽身为奴隶，却具有不同寻常的家庭地位。

诚然，欧律特勒娅进入这个家族多年，熟悉状况，关键的是她能够站在母性的高度去爱家族的每一个成员，并坚信神明会保佑这个家族。在特勒马科斯返回家宅的时候，奶妈欧律克勒娅首先远远看见他，……／立即泪水汪汪地迎接（17：31—33），形象地表现出欧律克勒娅盼望少主人归来时的望眼欲穿，苦苦守候；突见归来，喜出望外，就像盼望自己的孩子一样，深情款款。

在奥德修斯指定让老女仆洗脚的时候，佩涅罗佩说"给这位与你的主人年龄相仿的人洗脚"（19：358）时分，自然想到在外漂泊、生死未卜的主人，欧律克勒娅"热泪不断流淌，说出感人的话语：/孩子，我真可怜你，尽管宙斯在世人中，/独把你厌弃，虽然你有一颗虔诚的心灵，/因为世上没有哪个人像掷雷的宙斯/焚献过那么多肥美的羊腿和精选的百牲祭，/如同你向他奉献的那样，祈求他让你/活到老年，把杰出高贵的儿子抚育，/可现在宙斯却唯独不让你一人返家园。/遥远的外邦人家的女仆们也会嘲弄他，/当他前往某个显赫的高达宅邸时，/如同这里所有的狗女奴嘲弄你一样。/你为了避免她们的不断羞辱和嘲弄，/不让她们给你洗脚，聪明的佩涅罗佩、伊卡里奥斯的女儿差遣我，我欣然从命。/我给你洗脚由于佩涅罗佩的吩咐，/也由于你本人，我的心灵为苦痛所感染。/只是现在也请你注意听我说句话。/这里来过许多饱经忧患的外乡人，/可是在我看来，从没有哪一位的体形、/声音和双脚比你跟奥德修斯的更相近"（19：363—381）。

第一，作为奥德修斯的奶妈，奥德修斯的模样深深烙在脑海，宛如自己的孩子，从小到大，哪怕岁月改变他的容颜，神明将他的样子变换；第二，看到孤苦伶仃的流浪人便会想到奥德修斯可能遭到的冷遇，自然为之牵肠挂肚，此种挂念不亚于一位母亲。可能二十年间有许多类同之人曾经来过，到现在还是如此深情，足见奶妈对于奥德修斯不只是忠心，深沉的爱和日日的牵肠挂肚让老人睹人思人。在奶妈的眼中，奥德修斯向神祭祀敬献、忠心耿耿，但宙斯还是不让其归家，在独白中不免流出一丝嗔怪神明之感，为主人深觉不平。在奴隶眼中，"主人"竟比"万能的神明"重要得多。体形、声音、双脚，时隔二十年，奶妈依旧记忆如新，思念之情溢于言表。当看到奥德修斯脚上的伤疤，"她细心触摸认出了它，松开了那只脚。/那只脚掉进盆里，/铜盆发出声响，/水盆倾斜，洗脚水立即涌流地面。/老女仆悲喜交集于心灵，两只眼睛/充盈泪水，心头充满热切的话语。/她抚摸奥德修斯的下颌，对他这样说：'原来你就是奥德修斯，亲爱的孩子。/我却未认出，直到我接触你主人的身体'"（19：468—475）。这里，荷马运用少有的动作与声响，让脚和声响来打破平铺直叙的宁静，让听众与诗中人物一齐惊诧。

众所周知，奴隶侍奉主人的时候稍有不慎，便会招致杀身之害，从经验上讲，欧律克勒娅不会如此鲁莽，但那道伤疤让她震惊至极，实在出乎意料，从洗脚水涌流地面的场景可见欧律克勒娅的惊奇程度。"悲喜交集""充盈泪水"极言等候之苦以及认出主人的大喜过望，抚摸下颌等亲昵的动作，一方面表现欧律克勒娅对于主人的慈爱，另一方面也彰示着欧律克勒娅的特殊身份。此时的欧律克勒娅处于失语状态，"转眼注视佩涅罗佩，/意欲告诉女主人，她丈夫就在眼前"（19：476—477）。这里，歌者不让欧律克勒娅喊出声，让所有的人跟随情节环环相扣地走下去，形成巨大的力量积累，直到有足够的时空条件让眼前的"外乡人"完成"复仇大计"才表明身份，由此可以看出史诗情节的一致性和歌者的加工痕迹。

另一方面，就听众反应而言，通过扣人心弦的环节，逐步促成"表现情绪①"向"激起情绪"的过渡，使听众屏住呼吸，密切关注事态发展，并且让人焦躁地期待夫妻相认。这样时时注意抓住听众的心理，符合吟唱表演的要求。同时，艺术手法的运用，也打破了即兴而歌的推论，这些文学加工的痕迹体现了诗人深厚的艺术造诣，从而使得表演虽为即兴但并不显得仓促，而是匠心独运，别出心裁。这时，奥德修斯的嘱咐让高潮的到来戛然而止，欧律克勒娅立即会意，直白忠心"你应该知道我的心如何坚定不动摇，/我会保守秘密，坚如岩石或铁器。/我还有一事告诉你，你要牢牢记在心。/如果神明让你制服了高傲的求婚人，/那时我会向你说明家中女仆们的情形，/哪些人对你不尊敬，哪些人行为无罪过"（19：493—498）。这一瞬间，欧律克勒娅的忠心与危

---

① 朱光潜，《悲剧心理学》，合肥：安徽教育出版社，第246页："悲剧表现的情绪是悲剧人物感受到的，而悲剧激起的情绪则是观众感受到的。"

难之中的主人顺势结成同盟，为高潮蓄势。在这里需要注意的是一条潜在的线索——"欧律特勒娅的忠心"。多年来的忠心耿耿构成了这个人物的全部生活：替主人看守财富、看管女奴、对主人的秘密严防死守，是谓"忠诚之范"。

尽管奥德修斯的智慧让神明都望尘莫及，但是，奶妈出于对奥德修斯家族的爱还是谆谆教诲、殚精竭虑。同时，主人的信任也体现在了最关键时刻的倚重。当她打开门看到荒淫无忌的求婚者们横尸遍地之时，不但不感到恐惧，反而"禁不住为成就了这样的大功业而欣喜欢呼"（22：408）体现出欧律克勒娅与主人同喜共忧。奥德修斯说："现在你向我说明家里女仆们的为人，/哪些女仆不敬我，哪些女仆无过失。"（22：417—418）体现了奴隶主贵族对于奴隶的要求，"敬"即"忠心"是置于首位的。当欧律克勒娅指出十二位不忠女奴的时候，奥德修斯传令让她们清理情人们的尸体，意在而后"用锋利的长剑把她们砍杀，/让她他们全部丧命，……"（22：443—444）。特勒马科斯说："我可不能用通常的方式让他们死去，/他们往日里恶言秽语侮辱我本人/和我的母亲，夜里躺在求婚人身边"（22：462—464）。简单的语言道出求婚人的荒淫和女仆们的放荡。对于这样不忠的奴隶，歌者借用奥德修斯父子之口告诫所有的奴隶，这便是不忠的下场："女奴们也这样排成一行，绳索套住/他们的脖颈，使他们忍受最大的痛苦死去"（22：471—472）。对于男奴更加残忍，"他们又把墨兰提奥斯拖过前厅到院里，/用无情的铜器砍下他的双耳和鼻梁，/割下他的私处，扔给群狗当肉吃，/又割下他的双手和双腿，难消心头恨"（22：474—477）。至此，"奥德修斯的愤怒"终于化成了死神的利剑，在淫男荡女中劈妖驱魔——这便是不忠奴隶的下场：男奴卸尸而杀，女奴群绞而亡。从这一些特别的描述能够体现史诗的政治倾向：为奴隶主贵族阶层的利益服务。同时，正面的榜样也已树立——欧律特勒娅，在诸多的场合下，不论是佩涅罗佩还是特勒马科斯，抑或是奥德修斯，奶妈的表现是程式化的"奶妈嗫嚅未敢多言语",对于主人的忠心与少说多干的原则在奶妈的身上体现得淋漓尽致。毫无疑问,奶妈的形象便是奴隶的表率,也是深得主人信任的奴隶样本,所以不难推断此等表述意在教导奴隶们安守本分,力争做主人信任的奴隶。

2. 牧猪奴欧迈奥斯

《奥德赛》中牧猪奴的出场是由雅典娜指引的。在雅典娜的指点下,奥德修斯返回伊塔卡见的第一个人便是牧猪奴欧迈奥斯,"你首先应去觅见牧猪奴,/他牧放着猪群,他热爱你、你的儿子/和聪明的佩涅罗佩,始终真诚无二心"(13:404—406)。自然,凡人的种种尽在神明法眼,所以牧猪奴的忠实是经过神明首肯、不容怀疑的。同时,牧猪奴的出现也为父子相认提供了伏笔,并且成为奥德修斯屠戮求婚人的重要帮手。所以在史诗的设计中,牧猪奴并非多余。与奴仆的表率欧律克勒娅相比,欧迈奥斯更多地发挥了"协助"的作用。

不可否认的是,"协助"作用的发挥首先建立在忠心的基础之上。"在神样的奥德修斯的/所有的奴仆中,他最为主人的产业操心"(14:3—4),表现出牧猪奴欧迈奥斯的尽职尽责,对于奴隶来说,尽职尽责便是尽忠。此句为总起,奥德修斯按着雅典娜女神的叮嘱起身寻找牧猪奴,可以说,这是对牧猪奴形象的总括。"由牧猪奴为离去的主人的猪群建造,/未曾禀告女主人和老人拉埃尔特斯"(14:8—9),没有主人的命令,自发地修整设施,表现出牧猪奴把分派给他的任务当作自己的事情来做,换句话说,已经由被动完成任务的奴隶角色变成了尽心尽力的经营者,保卫并爱护着主人的财产。同时通过讲述猪群雄雌数目的不平衡和质量的下降,侧面控诉求婚者的卑劣行径以及强大对手侵蚀下逐渐减少的奥德修斯的家产。牧猪奴在不知身份的情形之下,对待奥德修斯的态度体现了牧猪奴的善良。"尊敬的老人,这几条狗差点突然地/把你撕碎,那时你便会把我怪罪。/神明们许多其他的痛苦和忧愁,/我坐在这里还为我的高贵的主人/伤心落泪;我饲养膘猪供他人吞食,/我的主人或许正渴望食物解饥饿，/飘荡在讲他种语言的不足的国土和城邦，/如果他还活着，看得见太阳的光芒"（14：37—44）。牧猪奴欧迈奥斯对于主人的思念随处可见，尽管时隔二十年，看到流浪人便感同身受、同病相连，这又是"荷马的声音"为当时的奴隶树立了忠诚标杆。在欧律克勒娅和牧猪奴的世界里，神明对于主人的惩罚便是对自己的惩罚；自己眼前客人的需求与窘迫便自然联想到自己的主人背井离乡的困窘。况且，从牧猪奴单一的角度来说，字字血泪，日日担忧是对求婚者再一次的控诉①。同时，牧猪奴招待"外乡人"时亦不忘分享自己多年以来的心头大患——求婚者，在牧猪奴的心中，主人已然惨死，在这种状况下，对主人发自内心的忠诚和深沉的爱显然已经超越了奴隶对于主人的简单附属关系。在食用公猪时的献祭及许愿"他首先从白牙猪头顶扯下一缕鬃毛，/扔进灶台的火焰，向所有的神明祈求，/祝愿智慧的奥德修斯终得返回家园"（14：421—423），便是对于主人绝对忠心的最好证明。

其次，牧猪奴也是很好的信息提供者。通过牧猪奴之口，"外乡人"和听众对伊塔卡的情况、奥德修斯的财产以及求婚人挥霍的具体状况，都有一个全新的视角，因为奴隶一方面直接掌管财产，另一方面，任何人在奴隶面前无需伪装，表现得也更加真实。牧猪奴视角下的求婚者及其侍从"他们的狂傲强横气焰达铁色的天宇。/他们的亲信侍奴可不像你这般模样，/他们年轻，穿着华丽的外袍和衬衫"（15：329—331），嚣张气焰可见一斑，愈是嚣张，反衬出佩涅罗佩母子的处境越是艰难。此外，奥德修斯的财富也只有通过客观的库房描写、侧面的奴隶介绍，因为奥德修斯、特勒马科斯抑或佩涅罗佩任何人都很难去陈述自家财产几何。在欧迈奥斯的描述下，听众获得了一个清晰的印象，而后世的读

---

① Olson. S. Douglas. *Blood and Iron：Stories & Storytelling in Homer's Odyssey*. E. J. Brill. P125："To kill and eat the best of the pigs is nonetheless an act of defiance, not against Odysseus, however, but against the Suitors."

者便多一个角度去洞悉当时的古希腊社会。"主人家的财无比丰盈，任何人都难/与他相比拟，无论在黑色的大陆，/还是在伊塔卡本土，即使二十个人的/财产总和仍不及他富有"（14：96—99）。牧猪奴很清楚主人的财富，但难能可贵的是他安守本分，丝毫没有占有或侵吞的邪念，体现了欧迈奥斯虽为奴隶却正直高贵的品格，这就是为什么后面称呼他"高贵的牧猪奴"（22：129），与出身高贵的求婚者形成强烈的反讽；再次，从牧猪奴的介绍也彰显了奥德修斯家的财富，这就是为什么求婚者即使达到上百也可以维持二十年的"硬性条件"。同时，欧迈奥斯的忠诚"夜宿石下"（14：533）、经营有方，也是对忠诚主题的丰富，在主人外出二十年的时间里，牧猪奴用自己的积蓄还买了个奴隶，因为在当时奴隶就是财富的象征①。由此可见，牧猪奴的忠贞付诸于语言、情感和行动之中。而且，佩涅罗佩可以撑二十年不嫁，很重要的保障便是财产，纵家财万贯，二十年坐吃山空亦难以为继，没有像牧猪奴一样的忠仆的勤勉工作、努力经营，怎么会供得起那些贪婪的求婚者的浪费呢？所以一定意义上，也正是忠贞的奴仆和妻子一起并肩战斗，才得以维持奥德修斯的家园，作者的巧妙设计使得整部史诗浑然一体。

值得一提的是，牧猪奴与主人感情深厚，"他无疑早已客死他乡，给所有的亲人/留下悲哀，尤其是我，我再也找不到/如此仁慈的主人，不管我去到哪里，/即使我返家乡重新回到父母亲身边……/是远离的奥德修斯牵挂着我的思念……/他虽已离开，我仍称呼他亲爱的主人"（14：137—147）。对主人的感情已经远远超过与父母的感情，一方面说明奥德修斯的人格魅力，另一方面，也反映了当时社会格局的变动，家族结构已分崩离析，家庭成员之间的关系甚至不如主仆关系日久生情。因此，从这个角度上来讲，牧猪奴是以亲人的身份服侍奥德修斯，

---

① Keller Galloway Albert. *Homeric Society*：*A Sociological Study of the Iliad and Odyssey*. Longmans, Green, and Co. P190, "Property in persons, to the Homeric Greek, was as rational as property in things；and, in so far as he was able, each householder provided himself with slaves. "

为其担惊受怕，甚至牧猪奴的忠心已经从对待奥德修斯的身上转移到了少主人特勒马科斯的身上。特勒马科斯从皮罗斯和斯巴达回返时，受雅典娜指点，先回农庄，欧迈奥斯看到少主人，"他上前迎接少主人，/亲吻他的头部、他那双美丽的眼睛/和可爱的双手，颗颗热泪不断往下流。/有如父亲欣喜地欢迎自己的儿子，儿子历时十载远赴他乡终回返，独子多娇惯，父亲为他无限担忧愁"（16：14—17），——体现了欧迈奥斯对于特勒马科斯外出寻父时的担心，虽出行时间不长，但在忠仆看来，似乎已然茫茫十年，无限的担忧拓展了思念的时间，体现在行为上的怜爱。同欧律克勒娅一样，欧迈奥斯对于主人的感情覆盖于整个家族，与每个成员建立了某种天然联系。

再次，歌者通过牧猪奴之口讲述了欺骗佩涅罗佩的人数之众，从而将二十年发生的事件简要说明，"常有人游荡来到我们这伊塔卡地方，/谒见我们的王后，胡诌一些谎言"（14：127）。不仅如此，自己也有了一定的戒心，"我现在已无兴趣打听，无热情询问，/自从一位埃托利亚人用谎言把我骗；/……他还说主人归返定在炎夏或凉秋"（14：378—384）。这两条信息的交流是对佩涅罗佩多年深居简出的最好解释，表现出家人在奥德修斯外出二十年中所承担的巨大风险与压力。他们是奥德修斯的至亲，除了担心奥德修斯的生死安危，应对求婚人的滋扰生事，还要面临专门以此打诳语、欺骗家人感情并来家宅骗吃骗喝之辈。经历种种足以让每一个关心和爱奥德修斯人心力交瘁。同时，为"相认"情节的展开打下伏笔。

最后，欧迈奥斯有一颗感恩和知足的心，这也暗含了欧迈奥斯忠心耿耿，最后获得善终的原因。"我主人对我关怀备至，赠我财产，/给我房屋、土地和人们追求的妻子，/好心的主人可能赐予奴隶的一切"（14：62—64）在牧猪奴的眼里，主人在与不在，所有的财产都是主人所有，主人赐予他的一切自觉已经在奴隶中"登峰造极"，正是由于他没有求婚人的霸心，为主人苦苦经营，所以才会在主人不在的二十年如一日里时时感念主人的恩德，并付诸行动。经过一系列的考验，牧猪奴的忠心与真心终于得到了主人的确信，也正由于此，欧迈奥斯得以在屠戮求婚人时为奥德修斯新秩序的建立立下汗马功劳，从而得到善报"我将让你们娶妻室，赐给你们财产／和与我家为邻的住屋，那时你们／对于我如同特勒马科斯的伙伴和兄弟"（21：214—216）。显然，现在的牧猪奴已经相当于半个主子①，关键的是，从奴隶的身份摆脱了出来，实现了阶级的跨越。

此外，牧猪奴的身份是史诗中的一个亮点。欧迈奥斯本是叙利亚国王的儿子，被女奴带出并贩卖，来到拉埃尔特斯家里，奥德修斯母亲的养育他一直念念不忘"我一直心怀亲情前去看望问候……／因为她曾把我同她的高贵女儿同抚养，……从不蔑视我。／……女主人给我一件外袍、一件衬衫，／精美的衣服，还给我绳鞋穿上双脚，／遣我来田庄，发自内心地真诚喜欢我"（15：362—370），牧猪奴懂得感恩、知足，而且经常去看望与其说是他的女主人，毋宁说是他的母亲，因为奥德修斯的母亲将牧猪奴与奥德修斯的妹妹一同抚养长大，一个远嫁，一个离家去田庄，可以说，都是远离家园的意象。再加上牧猪奴本身远离叙利亚、奥德修斯本人远离家园、特勒马科斯离家寻父，可以说，在《奥德赛》中，"离家流浪"可以说是一个通篇的主题，同时，也暗含了荷马时代的古希腊人的流动性以及家庭结构分崩离析的现状。

两个忠奴的代表欧律克勒娅和欧迈奥斯可以说都与奥德修斯家庭有着深厚的渊源，因此一定程度上也反映了当时社会的"道德理想"，即奴隶的行为规范和道德要求，尽管在史诗中那些高贵的"求婚人"的品德还不及奴隶。另外从侧面也反映出荷马时代的古希腊奴隶阶层的两个主要来源：古希腊人口贩卖（海盗）和战俘。两个形象的树立意在

---

① 伯纳德特，《弓弦与竖琴：从柏拉图解读〈奥德赛〉》，程志敏译，北京：华夏出版社，第152—153页；"奥德修斯许他们以与自由相等的东西：婚配、财富以及同他比邻而居。……但总得有人去取代奥德修斯所杀掉的王公贵族。"

教育奴隶要终身报答和感恩主人的任何恩赐。而奴隶一旦有任何不忠或不顺从，便沦为主人刀下鱼肉，奴隶的悲惨境遇可见一斑。同时，奥德修斯隐瞒身份，奴隶欧迈奥斯获得了暂时的话语权，因此欧迈奥斯叙说了生存的艰难"一个人也可以用回忆苦难愉悦心灵，/在他经历了许多艰辛和漫游之后"（15：400—401）。这一段话是从奴隶的视角来讲述人类生存斗争中所受的苦难以及从苦难中获取的智慧。因此，奴仆的智慧也可算作荷马时期的古希腊人同自然的艰苦卓绝的斗争，面临缥渺无际的大海，怀着对生的渴望和对死的恐惧而发展起来的"苦难哲学"的萌芽。

（三）神界探索

1."善忘"食莲族

遇到食莲族，是对奥德修斯第一场灾难的缓冲。在第一场灾难中，他们离开伊利昂，攻破了伊斯马罗斯，不料遭反攻，寡不敌众而仓皇逃生。在海上的风暴中连续颠簸九天，第十天终于登上陆地，提取净水，得到维系生命的重要补给——他们来到了"洛托法戈伊"人的国土。同时，在奥德修斯的派遣下，手下人去探察该岛，遇上了当地居民——食莲族。荷花的意象在西方文化中有"忘忧果①"之义。欧美人深受希腊文化的影响，英语中的 lotus 的文化联想意义主要来自希腊神话与荷马史诗。在希腊文化中，lotus 的含义是忘忧果；lotus - eater 指希腊神话中食忘忧果而忘却劳苦的人。

没有战争，没有武器，这些在特洛亚战场上的勇士们放松了戒备，"洛托法戈伊人无意杀害我们的同伴，/只是给他们一些洛托斯花品尝/当他们一吃这种甜美的洛托斯花，/就不想回来报告消息，也不想归

---

① 姚建华，英汉语中植物喻意的对比及其习语的翻译［J］.《闽西职业技术学院学报》，2008（6），Vol（10）No. 2，第64—67页。

返，/只希望留在那里同洛托法戈伊人一起，/享用洛托斯花，完全忘却回家乡"（9：92—97）。可以说，这是一种"温柔"的方式进行洗脑，同时，得到的结果比战争还要恐怖，能在不知不觉中让人类放弃原有的目标与方向，也可以说是人类生存意识的死亡。显然，洛托法戈伊国出现在奥德修斯一行筋疲力尽地与大海搏斗了九天的大限之时，以"温柔乡的待遇"吞噬了他们的人性，以植物为生，远离人境，甚至剥夺了人类忧愁的权力。另一方面，这也是对人类意志的考验。实际上，这是神对人的宣战，真正的帷幕才刚刚拉开。如果人沉沦其中，将暂时的"忘忧地"当作"躲风避雨"的"伊甸园"，那么人便不能成为人。当然，奥德修斯是断不能回到伊塔卡的，这也意味着他的彻底失败。因此，与其说洛托法戈伊是一个挑战，毋宁说只是一个序幕，来初步试探奥德修斯的意志。另外，从翻译的角度来看，翻译成"洛托法戈伊"佶屈聱牙，不宜诵读和理解其文化含义——"忘忧果"，或直接翻译成"食莲族"，即以食让人忘却一切的莲花为生的族类，这样一来，就不难理解莲花在古希腊文化中的含义了，文化也能得到很好的传播。

2. 巨型独眼兽

从食莲族逃出，便到达疯狂野蛮的"库克洛普斯"的居地，他们受天神庇护，与神界关系密切。他们的居住地"既不种植庄稼，也不耕耘土地，/所有的作物无需耕植地自行生长，/有小麦大麦，也有葡萄累累结果，/酿造酒醪，宙斯降风雨使它们生长。/他们没有议事的集会，也没有法律。/他们居住在挺拔险峻的山峰之巅，/或者阴森幽暗的山洞，各人管束/自己的妻子儿女，不关心他人事情"（9：108—115）。通过描述，反映出当时古希腊社会的基本农业情况，以大麦、小麦的种植业为主，以葡萄酿酒为辅。同时，"他们没有议事的集会，也没有法律"则反映出神界在伦理道德层面的缺失，因为当时的古希腊人已经正在形成"城邦制（Polis）①"的雏形，也已经有"集会②"的形式，神界却还是保持彼此隔离，各扫门前雪。同时，对于"羊群"的描述，显示出当时的游牧文化。奥德修斯一行上岸后，得到又一次的补充供给——生长于山野的羊群便成了他们的腹中美餐。补给之后，他们例行探寻，发现了巨形独眼兽库克洛普斯的洞穴，于是十二个人开始了新的冒险。库克洛普斯是个非常有条理、很专业的牧人，从洞中陈设就可看出："洞里贮藏着筐筐奶酪，绵羊和山羊的／厩地紧挨着排列，全都按着大小归栏：／早生、后生和新生的一圈圈分开饲养，／互不相混。洞里各种桶罐也齐整，／件件容器盈盈装满新鲜的奶液"（9：219—223）。如此布局引起了奥德修斯对主人进一步了解的兴趣。同时，布局的有条不紊和巨人形象的反差引起了听众的惊奇，增强听众的欣赏快感。当巨人真正出现的时候，"将柴捆放下"的声音被描述为"一声巨响"，这些勇敢地特洛亚战争的胜利者们居然被"吓得慌忙退缩到洞穴深处"，都从侧面描写巨人的规模以及双方力量对比的悬殊。实际上，从规模上来说，巨人的出现正是真正的"困难"的化身，战胜它需要智慧和勇气；越是在铺垫的过程中突出双方实力的悬殊，越能够体现奥德修斯得以完胜的智慧和勇气。而通过对比描述，给听众留下深刻印象。比如对"洞口"的描述"即使用二十二辆精造的／四轮大车也难以拉动"（9：241—242），而巨人就是用这样的巨岩来堵洞门而已，与人力毫无可比性。诗人巧妙地选取角度，通过堵洞石自然可见洞之大小，巨人的身材自不必言。当库克洛普斯发现了奥德修斯等人，告诉他们"须知库克洛普斯们从不怕提大盾的宙斯，／也不怕常乐的神明，因为我们更强大"（9：275—276），从堵洞的岩石到现在的不敬神明，不怕宙斯，双方力

①　Ehrenberg Victor. *The Journal of Hellenic Studies* (Vol. 57). "When did the Polis Rise?" The Society for the Promotion of Hellenic Studies. P155, "A further agreement with the dating is the fact that the Iliad shows no trace of the existence of a Polis, while the Odyssey does."

②　参见《奥德赛》（王焕生译）第二卷。

量的悬殊进一步深化，一场注定夺命的挑战不言自彰。不仅如此，当人还在回答问题的时候，神已经打破游戏规则，抓起两个同伴作晚餐，由此可见，奥德修斯这次遇到的库克洛普斯不仅实力罕见，食量巨大，无视神明，而且不按规则，恣意妄为，这样的敌人注定了对手的灭亡。然而，一旦谁能够逃出来，便是神明中的神明。荷马以这样的逻辑为最后的结果蓄势。在巨大的生存压力之下，奥德修斯不得不设法活命，于是人神之间的较量便迅速而深入地展开。奥德修斯通过灌醉巨人、取名"无人"、邪恶"赠礼"等环节，等到巨人再次醒来，已经饱受橄榄木扎眼之痛，诗人的设计何等巧妙！如果巨人普罗菲莫斯有两只眼，奥德修斯的成功机会非常渺茫。当巨人召集其他巨人未果时，推开洞门，却为奥德修斯打开了逃生之门，而巨人此时依然忍痛和自己的羊在说话，似乎是母亲在询问自己的孩子，"公羊啊，今天你为何最后一个出洞，/往日里你出去从不落在羊群的后面，/……今天你却殿后，或者主人的眼睛/令你悲伤……"（9：447—453），深情款款的对话已然将那个一餐食两个人的独眼兽变成了令人同情的对象，在这样的意象之下，奥德修斯等临走时赶走一群羊的行为也已经从"客人"转化成"掠夺者"。

其实，这种超乎寻常的、力量悬殊的人神之斗体现了人在困难危机中的智慧与勇气。在自然界中，人是最为平常不过的生物，就力气、速度、能量等相比，均不敌野兽，更何况是不怕宙斯的库克洛普斯类。但是，人具有智慧，具有合作精神和意识，这样，人类的缺陷得到了有效的补救，使得人类在征服大自然的过程中能够冲破荆棘，从一个胜利走向另一个胜利，种族得以繁衍。库克洛普斯在各个方面都是强大的，但是，他们只凭力气说话，并无智慧，更不懂礼法，可以说它们是野蛮和愚昧的象征。比如他明知奥德修斯已然出发，还在做最后的努力。"奥德修斯，你过来，我会赐你礼物，/然后让强大的震地神送你回家园"（9：517—518）此等呼喊表明了库克洛普斯智力低下，如此幼稚的话语在无比智慧的奥德修斯面前显然无济于事，千辛万苦死里逃生的奥德修斯也断然不会去受死；其次，听到波塞冬，更是避之不及，所以这也告知人们即使遇到很大的困难，只要有足够的勇气、意志与智慧，总有突破口，人类是可以战胜自然界的挑战，因此，这体现出古希腊人的另一种精神底色——征服。

最后库克洛普斯终于承认"一个古老的预言终于应验。/……说我将会在奥德修斯的手中失去视力"（9：507—512）。从侧面反映出神明不敬神明的严重后果。不管是人还是神，不论个体力量有多么超群，都要敬畏神明。

3. 赫里奥斯的牛

当奥德修斯渡过悬崖，失去六个伙伴，又到饥寒交迫之时，美丽的海岛映入眼帘。海岛上放牧着肥壮的牛羊，又一次生命的体验即将开展。女神已经指点他不要食用岛上的牛肉，但是，一个月来禁困岛上，船上储备的食物已经告罄，同伴们不得不到处捕猎为生。"饥饿折磨着他们的肚皮"（12：332），这时奥德修斯洗净双手向神明祈祷，神明却催眠了他这个灵魂性的人物，剩下的同伴群龙无首。人类在面临死亡的时候，饿死和忤逆神明都是一样的结局，于是，他们挑了几头牛，祭奠了众神明，但仍未能逃过神明的诅咒，最终全部死亡。其实，就在奥德修斯一步步靠近伊塔卡的时候，只要一步没有脱离海神波塞冬的管辖，只要没有获得众神明的宽恕，永远都有性命之虞①。而牧场的出现，一方面为他们提供了暂时的休养生息，另一方面，这也代表了另一种考验。一个多月不能起航，他们受尽了饥饿的折磨，但是神却视而不见。显然，这不是考验他们的智慧与勇气，而是考验他们对神是否具有虔诚之心和绝对忠诚。在这一关里，众人未能逃过劫难。同时，也为后边奥

---

① Saïd Suzanne. *Homer and the Odyssey*. Oxford：Oxford University Press. P344："When they intervene in the human world，the gods of the Odyssey，like those in the Iliad and like the heroes，are above all moved by their concern to protect their honor and to punish those who have offended them" by Allan，W. *JHS*. "Divine Justice and Cosmic Order in Early Greek Epic."

德修斯在费埃克斯岛上获救打下伏笔。因为他的同伴做"替死鬼"的任务已经完成。虽辛苦一路，但最终还是落得"不敬神明"而功败垂成，神界的冷酷和高傲可见一斑。自己的牛群宁可用来把玩也不救人一命，缺乏普度众生的意识。

以上的人物或地界的分析，实际上都围绕着一个核心的话题——财富。奥德修斯是财富的拥有者和掠夺者，在财富的王国里，拥有超群的智慧和勇气的他无疑是强者。特勒马科斯作为奥德修斯的后代，是这种精神的学习者和延续者；妻子佩涅罗佩则是财富的保卫者；忠心的奴仆要尽忠于主人和主人的财富，自己也会得到福报，即拥有财富，从一定意义上来说，欧迈奥斯的成功阐述了"奴仆的财富论"；而求婚者为代表的人对待财富的态度和获取手段违背神意，悖逆当时的社会规则，最终失去财富，甚至生命。当然，神界造物不用挖空心思追求财富，他们更多地代表了世间财富分配者的意志——用神的语言和行为方式告知人类拥有财富必须敬畏神明、倚仗神明、顺服神明。而人与神的斗争正体现了千百年来希腊人在征服自然界，尤其是大海的斗争过程中积累的宝贵经验，同时，这些经验也是古代希腊人获得财富、守住财富需要的虔诚、勇气和智慧，所以从这个层面上，《奥德赛》是一部古希腊荷马时期人类社会的《财富论》。

二、《奥德赛》行文风格与形式

（一）传承化口述

帕里（Milman Parry）认为："荷马的诗歌是传统的史诗，而且后来他发现荷马史诗是口述而成的①。"古希腊的史诗大多由吟唱诗人在富贵人家或其他公众性场合的即兴表演。由于听众的临时性很强，表演的互动性无疑成为听众反应的重要考量依据。所以，在史诗《奥德赛》中，同样场景的描述，比如说："我的孩儿，从你的齿篱溜出了什么话""佩涅罗佩不胜惊异，返回房间，把儿子深为明智的话听进心里。他同女仆们一起回到自己的寝间，禁不住为亲爱的丈夫奥德修斯哭泣，直到目光炯炯的雅典娜把甜梦降眼帘"。"帕里对这些固定的程式化短语、大体类似的故事类型和史诗整体结构特点的分析，证明《荷马史诗》不可能是一朝一夕、由某一个作者在一个特定时间内创作的，而是在民间口头长期创作的基础上逐步形成的②"。

从音乐史的记载来看，"里拉琴是西方最早的弦乐器，用于史诗弹唱。史诗有专门的吟诵音调，是根据诗词的语言音调和格律提炼而成的。荷马史诗《伊利亚特》《奥德赛》就是由吟诵史诗的游吟诗人在漫游途中，手持里拉琴边弹边唱的③"。另外，歌者的职业亦并非随便可为之，而是有着丰富的传统积累。凡入歌者行当，需拜师学艺。在此漫长的过程中，学徒练习前人表演模版，注重积累，因为宴会的场合往往需要主人或贵宾点演。所以，在描述方面一定会有雷同的部分，也就是说，歌者要将先前的积累烂熟于心，而现场就是把不同的段落篇章灵活组织，形成新的整体，加以歌者个人的发挥，达到常听常新。换句话说，程式化的语言不但不会令听众厌烦，反而亲切易懂，朗朗上口，便于传诵；然后世代流传。在当时的历史条件下，没有纸④，文化很难得

---

① Lord B. Albert. *The Singer of Tales*. Harvard University Press. P3, "……The poems of Homer were traditional epics, and he soon came to realize that they must also be oral compositions." in his 'Studies in the Epic Technique of Oral Verse – Making. Ⅰ: Homer and Homeric Style.' and 'Ⅱ: The Homeric Language as the Language of an Oral Poetry.'

② 晏绍祥，《荷马社会研究》，上海：三联书店，第9页。

③ 曾遂今、李婧，《西方音乐文化教程》，北京：中国传媒大学出版社，第10页。

④ 曾遂今、李婧，《西方音乐文化教程》，北京：中国传媒大学出版社，第3页："独特的泥板文字是记录他们丰富的社会生活的有机载体。"

到保存。但是在古希腊人的世界里，一代代的精品段子不断地传承，尤其是在一些优秀的歌者手里曲目会有新的突破，表达也会更加丰满和生动，客观上有裨于文化本身的发展。

从文学角度来说，程式化的叙说模式增强了表达效果。史诗规模宏大，如果大段的文字都是陌生的信息，听众便容易倦怠。歌者若在歌唱表演中，每一段唱词，相仿与新颖并进，那么听众的审美感便会增加①。因此可以说，程式化的语言首先出于音乐表演的需要，其次还有与观众互动的因素。重复的部分大家熟悉以后可以一起唱，审美时间得到延缓，共鸣、互动效果就很容易产生。而且整部史诗口语化的因素很强，这样也非常便于信息的传达和接受，尤其是在达官贵族的宴会场合，气氛将会大大活跃。从歌者自身来讲，听众的青睐是歌者稳定生活和安心创作的保证。所以，从这个角度来讲，每一次表演的成功和史诗的创作相得益彰。最后，从传承上来讲，史诗中很多独具匠心的述说方式，也是代代传承漫长的历程中不断翻新，不断改进，从而史诗能够一方面保有原始的样式，另一方面，应机而歌，在每一次的表演活动中都孕育着歌者的下一次创新。因此，程志敏认为"荷马有如此大的'贡献'，就因为他扎根于传统之中，因而又成就了一个新传统。荷马不仅处在希腊的传统中，而且显然还处在美索不达美亚传统和埃及传统中②"。

再次，历史传承的痕迹还表现在前后文本的矛盾之处。比如铁器应该是荷马所处的公元前 8 世纪时代的产物，而青铜时代大约是前 12 世纪，而史诗中描述的金属大多属青铜和铁器的复合体。因此，这些痕迹可以看到荷马史诗并非史实记载，而属文学作品的范畴。另，口述史诗

---

① 龚妮丽，《音乐美学论纲》，北京：中国社会科学出版社，第40页；"重复是音乐形式中最重要的因素。作为时间艺术，音乐转瞬即逝，那些主题音调如果不重复出现，就难以给人留下深刻的印象。"

② 程志敏，《荷马史诗导读》，上海：华东师范大学出版社，第68页。

是文艺的一种，史诗中承载了歌者当时和之前的传统，也并不能简单理解成某段历史的写照。所以后人在理解和参阅文学作品的时候，要注意区分，厘清历史与文学之间的差异，才能对史诗全貌有准确的把握。

（二）名词性短语

"荷马史诗和其他希腊诗歌以及我们现在所熟悉的许多诗歌的不同之处在于它的最基本的要素是短语而非单词①"。因此，史诗中一些相对固定的名词短语也构成了又一大语言特色，比如"玫瑰色手指的早晨""酒色的大海""神样的奥德修斯""目光炯炯的雅典娜"等，这样的表达很大程度上是以受众的接受反应为考量因素。《奥德赛》这样的史诗动辄上万行，一次性地表演几个小时，对于歌者和听众来说，皆不可思议。也就是说，一部史诗中的诸多内容不可能一下子讲完，是要分章节的，所以相对稳定的称呼加在人物的前面，提高了单位时间信息传导量，使得人物更加鲜活，提醒听众这是"擅长呐喊的墨涅拉奥斯"，那是"人民的牧者涅斯托尔"，非常形象。另外，史诗中的精彩片段或按卷讲述，不论时间相隔多久，也不论听众有无听过的经验，这些特征性的表述更加有助于听众准确把握人物的特征，在情节上也便于衔接和理解。因此，口述史诗自身的特点很大程度上决定了独有的语言特色。另一方面，口述史诗对语言表达效果的强调远远高于其他艺术形式，因为只有确保听众能够有效地接收信号，才能维系表演和欣赏者的审美互动，从而达到"审美体验的共鸣②"。

其次，史诗具有即兴表演的特点。就歌者表演的场合而言，一般

---

① Nelson Conny. *Homer's Odyssey: A Critical Handbook*. Belmont, California: Wadsworth Publishing Company, Inc. P109. "The Homeric Epic differs from all other Greek poetry, and from all poetry with which we (most of us) are familiar today, in just this respect: its elements are phrases, not words."

② 龚妮丽，《音乐美学论纲》，北京：中国社会科学出版社，第 140 页："在审美体验阶段，当人们的审美情感与审美对象达到契合一致的最佳状态时，就产生了共鸣现象。"

地，都是在达官贵族家里配以宴席之用。而且，对于每一次现场的表演来说，都是对作品的"二度创作①"。基于现状，史诗中很多语言符号的设计也正迎合了表演的需要，程式化的片段描述或者是固定的短语搭配便成为歌者首选。在权贵宫殿的宴会上，表演的随机性很强，所以歌者在平时的训练中注重对于情节片段的熟练把握，以便现场表演应时应景，满足听众需求时得心应手；而且在表述方法上把人物与其特征紧紧绑定，也是出于表演的随机性考量，便于听众在片段表演中对剧情有整体的把握。

第三，固定的程式化短语也有助于叙事的丰富。一部史诗，与其说是历时性的叙事，不如说是假叙事的框架而进行共时性的展开。如此，在同样的时间条件下，叙事更加从容，而且许多事件可以跳出时间前后承接关系的桎梏，并行叙述。同样，在荷马的叙事中，一件事的叙述也并不会改变另一个事件的进度，大约相当于评书中的"按下不表"之效。就叙事本身而言，共时的叙事平面能够提供更丰富的内容和更为宏大的背景，且事件之间环环相扣，几条线索并行不悖。比如《奥德赛》的线索就涉及四条线索的交织：奥德修斯归家、特勒马科斯寻父、佩涅罗佩与求婚人的斗争以及最终线索的汇聚——即父子屠戮求婚人。其中的许多事件又彼此独立发展，所以共时的表达方式无形之中丰富了叙事主体，且移步换景，引起听众的审美快感。接受美学创始人伊塞尔认为"作品的意义不确定性和意义空白，促使读者去寻找作品的意义，从而赋予他参与作品意义构成的权利②"。所以共时性事件的丰富和历时性事件的完善共同交织出史诗的立体叙事空间，在审美效果上达到情、志、意的统一。

---

① 龚妮丽，《音乐美学论纲》，北京：中国社会科学出版社，第84页："音乐表演作为具有独立品格的音乐创作——二度创作，是音乐艺术发展到一定时期的现象。"
② 龚妮丽，《音乐美学论纲》，北京：中国社会科学出版社，第46页：自伊塞尔"本文的召唤结构"。

（三）程式化场面

不仅是固定表达的短语，《奥德赛》中亦不乏成段的程式化场面的描写。比如神界、佩涅罗佩的反应以及宴会等等场面。这样的表达首先为听众把握剧情的需要。其实，在荷马的笔下充满了三个世界的对立：一是神的世界，二是奴隶主贵族的世界，三是奴隶的世界。神界高高在上，是理想化的世界模拟，因此，在神的世界里一切器具场面都是金光闪闪，一尘不染。如第十卷中描述的基尔克洞穴物件："宽椅""美丽的紫色坐垫""镶银的餐桌""黄金提篮""令人快慰的甜蜜酒酿""闪光的铜鼎""精美的黄金水罐"等等。在奴隶主贵族的世界里，充满了象征王权的紫色，"紫色羊毛""紫色衣衫"，当然，神界也出现过，体现了这两个界的统治地位。同时，众多奴仆群像。而在第三世界——奴隶的世界，食能果腹、衣能蔽体便是奴隶穷尽一生、尽心为主的最高报答，也是奴隶最理想的生存状态，比如牧猪奴欧迈奥斯。因此，程式化的场面，标识化的叙述，便于听众判断歌者所吟唱的世界状态以及人物活动情状，因为史诗的宴会场合并非课堂。在娱乐作用的视角下，让听众容易把握是歌者的首选考量因素。

其次，出于增强表达效果的需要。程式化的场景中，反复手法的运用，一是加深了听众的印象，有效地避免了口述史诗"过耳就忘"的缺点，如"玫瑰手指一样的清晨"；二是增强了听众的审美快感，精美的食物、华贵的宫殿、至善至美的主人公仿佛脱离现实生活，激发听众身临其境之感。如"目光炯炯的雅典娜""神样的奥德修斯"等等。其实，史诗中总是强调精美的食物与干净的沐浴，从一定程度上来说恰恰反映了当时社会饥馑状况的普遍，往往文学作品中反复强调的刚好是大众心声和内心渴望的流露。就像《礼记·乐记》中"故歌者，上如抗，曲如折，下如队，止如槁木，倨中钜，句中钩，累累乎端如贯珠"。文学作品对于人们心理期待的补偿作用，可以使人们达到审美上的平衡状态。同时，史诗篇幅较长，情节复杂，人物繁多，程式化的表达与类似场景的反复出现可以促成片段或场景的经典化，使得听众耳熟能详，从而成为脍炙人口的名段。

第三，形容词的加注与程式化场面的描写并非随意乱加，修饰的词语随情形亦不断变化。当然，一定程度上，这种表现形式也是歌者自身情感的流露：如"傲慢的求婚人""历经艰辛的奥德修斯""人民的牧者欧迈奥斯"；有的则是出于当时场合描述的需要：如"机敏多智的首领奥德修斯"（3：164）。通过恰如其分的修饰，使得听众对描述的事件或人物获得更为清晰的印象，从而人物的出场便戴上了"脸谱"，听众从歌者的语气、表情与言辞中很容易形成立体的形象思维而不只限于事件的罗列。从听众接受的层面来讲，史诗的艺术性大大增强。此外，史诗高度的艺术性与观众性的考量也反映出古希腊时期吟诵歌者对于"观众反映论"的重视，因为观众的需要就是歌者的生活和创作的基本保障。

总之，《奥德赛》的风格与形式很大程度上承载了口述史诗的特点，为有效地传达与接受历经了"扬长避短"的进化过程，因此出现的名词偏正短语或是固定场景或表达的程式化，一是源自史诗自身的传承；二是出于表演的需要；三是出于诗人自己感情的流露。另外，横向叙事结构更多地体现了即兴表演的需要：可单独成段，随兴表演，可长可短。当然，毕竟是文学的初步形态，里面不可避免会有逻辑矛盾、行文矛盾。古风传统与诗人印记共蒂，研究者要辩证区分。总体来说，《奥德赛》又是古希腊荷马时代吟游诗人的《表演论》。

三、结构与主题

（一）结构

1. 倒叙插叙

《奥德赛》叙说了奥德修斯在战争结束后十年间漂泊颠沛于海上的经历，但史诗第一卷便着手描述离家第二十年的情形，是为倒叙。雅典娜首先出场为奥德修斯的返乡申请神明的允许，顺便将不能返乡的原因道出，这样的安排一方面使听众开场便能抓住史诗中的主要矛盾；另一方面，用对手的力量烘托出奥德修斯的不平凡。奥德修斯的对手是神——"波塞冬的'心怀怨怒'"（1：20）。人神之争，引人入胜。其中，奥德修斯的每一次生死考验也并非按时间顺序流水账似的进行叙说，而是通过不同的片段，以四十天的归家路为线索，在饮宴场合以讲述故事的形式通过插叙手法完成。这样的方式，一方面增加了情节的生动性，比如从老奶妈洗脚环节发现伤疤便转向伤疤来历的讲述以及弓箭来历，同时丰富了叙说的内容，形成故事套故事的框架结构。

其次，程式化的用语可谓是史诗的基本样式，比如印度史诗《摩诃婆罗多》和《罗摩衍那》"两者中几乎用了相同的谚语和成语。著名的西方学者霍普金斯找出了几乎三百处，其中有的是诗节相同，有的是诗句或者其形式结构相似[1]"，且也采用了类似的叙事框架结构。一方面，如此叙事结构代表了古代文化的最初样态，另一方面也是对表演效果的考量。读者在开始时便对结局充满期待，似乎马上主人公就能返回家

---

[1]　季羡林、刘安武，《印度两大史诗评论汇编》，北京：中国社会科学出版社，第44页。

园，在场景的不断变换之中，在期待与突发事件的延宕中听众的情绪随之起伏，增加了审美情趣。而插叙以前的内容，独自成段，丰富了表达的内容，且环环相扣，增强了表达效果；从情节的架构上来说，印度史诗和荷马史诗还有内容上的相近之处，"在选婿大典上，要履行有关神弓的条件也有差别，《罗摩衍那》的有关神弓的条件比较简单，而《摩诃婆罗多》中要射中目标是非常困难和需要花力气的[①]"。由此可见，不同文明雏形之期的史诗，多为口头传承，是传统和吟诵诗人个人努力和创新的统一体。"有关罗摩故事的诗，实际上是由吠陀时期以后甘蔗王族的歌人所开始的蚁蛭仙人就是根据这些故事而创作了《罗摩衍那》[②]"。印度史诗由此而成。框架式的结构、程式化的语言成为其首选的结构模式，甚至有人曾经以此推断过印度史诗和荷马史诗之间的亲缘关系。"曾经有人试图寻找印度史诗和荷马史诗之间的渊源。威伯尔先生说：蚁蛭仙人可能根据荷马的史诗中'帕里斯劫走海伦'的情节，而从上述佛教著作（十车王本生经）中，摘取了佚失的悉多被劫的故事，根据'希腊军队围攻特洛亚'的情节而摘引了楞伽战争。威伯尔先生的论点应受到了批驳，而且这种论点也被证明是毫无意义的[③]"。如果威伯尔的推论被证明荒唐的话，惊人的类似之处便更多地出于实际需要，即表演场合和听众的需要。此外，故事套故事的结构还见于阿拉伯童话《一千零一夜》。只不过二者的区分度在于阿拉伯童话里，听众起初是一个人；荷马史诗和印度史诗里，听众是集体的。但是，一个听众和集体听众的材料组织方法和故事叙说模式又有不同。相同的是表演效果与目的：吸引听众，激发连续关注的审美情绪。因此，倒叙、插叙手法的运用体现了诗人结构上巧妙的安排，以及应需而歌的社会需要。

---

① 季羡林、刘安武，《印度两大史诗评论汇编》，北京：中国社会科学出版社，第45页。
② 季羡林、刘安武，《印度两大史诗评论汇编》，北京：中国社会科学出版社，第51页。
③ 季羡林、刘安武，《印度两大史诗评论汇编》，北京：中国社会科学出版社，第50页。

2. 素材取舍

按照亚里士多德的分类，《奥德赛》属于"复杂史诗①"。虽然描述奥德修斯十年的归家途，但诗人直接切入到最后一年，且集中描述最后四十天的情形，使全诗能够抓住主要的事件精雕细琢，从而使人物的特点和关键情节得以展开。所以从着眼点的选取上，歌者首先获得了成功。其次，十年的风雨颠沛路则是通过宴间回顾，现实与回忆交叉描写的手法，达到了最直观的描写效果。换言之，史诗利用"奥康的剃刀②"筛选十年中的典型事件，并以主人公第一人称自叙的角度，讲给宴席上的主人及宾客们听，从情节上完成了材料和事件的第一次筛选；当然，最后的史诗成品又经过歌者的第二次筛选，因此，所选的事件经过双重选择，代表性增强。又通过歌者的巧妙安排，十年的风雨便浓缩在一些典型片段中。这些片段扣人心弦，环环关联，因此，史诗的叙事是在螺旋结构中缓慢推进的。但听来并不觉冗沓乏味，而是随着情节蕴藉情绪，恨不能一下子把一万多行全部听完。第二，在情节的设计上，歌者让奥德修斯在特勒马科斯刚刚出生时便就离开，到奥德修斯归家之时，特勒马科斯已然成人。所以对于特勒马科斯的描述，只有婴儿的提法和成年的描述。对于特勒马科斯来讲，父亲奥德修斯的形象大多通过旁人叙述，反而增强表达力，反映出了口述和现场表演的特点：更加直观和便于评论。至于求婚人，最初的恶习如何养成，究竟谁是始作俑者，诗中并未交代，也是直接描写现状。通过渲染求婚者们的种种劣迹，听众对于孤儿寡母的同情油然而生，同时为奥德修斯英雄形象的出场以及父子屠戮求婚人的场景积累了感情和足够的理由，表达效果得到

---

① Jebb. R. C. *Homer*：*An Introduction to the Iliad and the Odyssey*. Robert Maclehose and Co. Ltd. P11：亚里士多德把史诗分为"简单史诗"和"复杂史诗"。《伊利亚特》属于"简单史诗"，而《奥德赛》属于"复杂史诗"，原因在于它的情节类似于《俄狄浦斯王》，由"奥德修斯的'伪装'和'相认'，还伴有情节的突转"。

② 赵敦华，《西方哲学简史》，北京：北京大学出版社，第157页："切勿浪费较多的东西去做用较少的东西同样可以做好的事情。"

增强。此外，在描画人物时，典型人物在歌者的视野里总是并行成对地出现。比如说求婚人的代表安提诺奥斯和欧律马科斯；忠奴——欧迈奥斯和欧律克勒娅；奥德赛的事件和阿伽门农事件的对应以及人神对应奥德赛与雅典娜。通过成对的描述，加深了听众的印象，也增强了事件的说服力，——泛泛描述必然泛化和淡化重点人物的把握，但一个人物的言行又具有足够的说服力，两个对应人物的一应一和，很好地勾勒出他们所代表的群像。

3. "流浪" 主线

全诗一万多行，"奥德修斯归家" 这一主线将各个场面片段连接起来。可谓最早的 "流浪汉" 的文学样式。"流浪" 的主线有利于材料的展开，避免了叙事的单调和片面。主人公 "流浪" 的移步换景，将不同的事件编织起来，"有序的变化" 使得听众不会有材料堆砌之感。如此一来，歌人荷马便实现了在继承传统基础之上的自我创新，即对于材料的重新组织。不仅整部史诗有着明显的传统痕迹，而且在 "冥界" 卷中最为典型，在这一卷中将古希腊的英雄一一列数，并简要阐述主要事件，并经由鬼魂之口陈述了人间和冥界的对比，体现出史诗叙事高度浓缩的特征。这样，"奥德修斯的回家记" 就不仅仅停留在十年的境遇，更重要的是，以 "奥德修斯归家" 为线索和情由，在更大的画面和历史长卷中展示古希腊神话传统和人们所关注的人神世界。从而，在 "奥德修斯的流浪" 中，不仅通过移步换景打破了空间的束缚；而且史诗叙事中还穿越冥界，挣脱了时间的限定，使史诗展现出更为恢宏的超越时空的叙事范畴。从这个意义上来说，《奥德赛》不仅是英雄史诗，也是反映古希腊社会历史的历史剧、人物剧和场景剧。

总之，史诗中的各个场景是彼此独立又相互独立成篇的，总体场面宏大，内容丰富，使史诗的叙事结构体现出浓重的传承痕迹。其中，单独篇目的展开又经过歌者的细致加工，具有很高的文学价值。其次，歌者选材精当，重点突出，表现手法别致，使史诗极具欣赏性，所以这也是史诗能够久传不朽的原因之一。另外，通过讲故事回忆甚至"歌者歌歌者"的形式，让听众随着史诗中的情节深入其中，追随歌者回到特洛伊的战场，或追随奥德赛到卡吕普索的山洞，手法引人入胜。同时，史诗的结构特点也侧面体现歌者谋生的需要，即对于观众反应的考量以及加工痕迹。因为只有时刻抓住听众口味，歌人的生活和创作才能得以延续。

（二）主题

1. 成长认识

在《奥德赛》的画卷中，奥德修斯十年的归家之途实际上代表了人的成长与自我认识，从不敬神明的恃功自傲到历经艰险、死里逃生后的老沉持重、敬畏生命，可以说，这是一部人生的励志长诗①。在通往"回家"的道路上，奥德修斯经历的重重困难与冲破的种种诱惑正暗合了生命历程中的荆棘与陷阱。因此，奥德修斯与其说是一个神化的人，毋宁说是人类的纯粹精神象征，而他的经历也正代表了初民在生产力极低、对自然认识不够的条件下，争取生存、保种繁衍的经验积累过程。

首先，生存是成长的必要前提，而财富，无论于古于今都是生存的先决条件。古希腊人对生命的认识始于对财富的看法。在古希腊的世界，田产、金银、妻子、奴隶、衣物等等都属于财富范畴②。如果是为了保卫或获得财富而厮杀或壮烈牺牲，那么英雄将为世代称颂。在《奥德赛》中，一方面，财富是获得别人尊重的重要筹码，就如特勒马科斯所言的"很快会富有，他自己也会受人尊敬"（1：393）。更有甚者，

---

① 常文革、张淳，论古希腊文学蕴涵的人本意识［J］. 长春师范学院学报（人文社科版），2006（4），第132页："荷马史诗中英雄们对荣誉的崇高，表现了古希腊人对个体生命价值的执着追求和对现世人生意义的充分肯定。"

② Keller Galloway Albert. *Homeric Society：A Sociological Study of the Iliad and Odyssey*. Longmans，Green，and Co. P190.

关于财产的一切行为似乎已经成为社会所认可的公则，由此可见财富在古希腊人生活中的分量。"一个人心里不会感到痛苦和忧伤，/如果他受打击是为了保护自己的财产，/为了保护自己的牛群或者羊群"（17：470—472）。另一方面，为了获得财富，双方不惜发动战争，甚至抢夺。就像墨涅拉奥斯所说"尽管也许有人或无人能和我比财富。/须知我是忍受了无数艰辛的漂泊，/……正当我这样飘荡聚敛财富时"（4：80—90）。显然，基于对财富的热切追求，古希腊人热衷于商贸和战争，但他们不赞同违背神明的意愿而获得财富，避免遭到可怕的诅咒。因为在他们看来，一切都在"神明的膝头①"（1：267）。因此，古希腊人特别强调人不可以对抗神明、违背神明，任何形式的渎神都可能遭到神的诅咒，其实正反映了不解的自然现象给人类带来的恐惧心理。从财富的角度来说，敬神可以说是获得财富的大前提。

第二，除了敬畏神灵，个人还需千般努力，才有可能获得神灵的垂爱。在《奥德赛》全诗中，能够真正得到神明庇佑的毕竟是少数。大多数的时候，在当时生产力非常落后的情境之下，人类在自己帮自己。比如奥德修斯的父亲自己动手开垦果园，与奴隶们同吃同住；奥德修斯，雅典娜的选民，依然要自己动手，制作床、船，甚至亲自出战，获得奴隶与财富。不仅如此，在古希腊人的理念里，用自己的双手获得财富是一种荣耀。比如阿尔基奥诺斯的儿子说"须知人生在世，任何英名都莫过于/他靠自己的双手和双脚赢得的荣誉"（8：147—148），作为费埃克斯王子，他的认识代表了古代希腊人对于自食其力和个人能力的崇拜，对于成功来说，个人的努力和能力可谓是获得财富的"硬实力"。

除此以外，古希腊人还特别强调"情商"，即忍耐、克制。这两种

---

① 编者按：从翻译的角度来讲，"神明的膝头"英语为"in the lap of God"，其实并不能直译，"in the lap of"是指"在某人的掌控之中"，因此，可以试译为"在神明的掌控之中"。

品质在以商为本的社会结构中难能可贵。比如奥德修斯回到家宅初期的忍耐，在卡吕普索洞穴中的忍耐，通过英雄的人生起伏，歌者意在昭示世人"人生不如意十之八九，就连英雄也不免落魄"。实际上，这是在当时已经发展起来的城邦集体生活中的"隐忍术"。忍耐是指"把痛苦的感觉或某种情绪抑制住不使表现出来①"。《说文解字》释"忍"字为：6926 心部 忍 ren3，能也。从心刃声。而轸切。从字的构成来看，忍便是心头插刀之痛的忍受与耐用。因此，"忍耐"是人认识到自己力量的极限时，不得已的委曲求全。而奥德修斯虽然以神化人的形象在凡人中所向披靡，他依然需要忍耐。但奥德修斯所传达的忍耐并非"忍而不发"，隐忍只是策略，旨在最后时刻将敌手一网打尽，斩获成功。奥德修斯刚刚回到伊塔卡，雅典娜指点他"你需要极力控制忍耐，/……你要默默地强忍各种痛苦，任凭他人虐待你"（13：307—310）。同样，奥德修斯回到宅邸看到求婚人与女仆鬼混在一起，心中咆哮："心啊，忍耐吧，你忍耐着种种恶行，/肆无忌惮的库克洛普斯曾经吞噬了/你的勇敢的伴侣，你当时竭力忍耐，/智慧让你逃出了被认为必死的洞穴"（20：18—21）。在这里，忍耐的经历告诉奥德修斯时机尚未成熟，因此，在这里可以看出忍耐是在生活经历中逐步积累而来的，展现了人的成长。

克制同理。《奥德赛》中的典型事件不可避免折射出古希腊人真实生活的点滴。在史诗中，许许多多因为贪欲、纵欲而吃过大亏的事件屡屡发生，这一切教会了希腊人克制和节制。"甜蜜的酒酿使你变糊涂，酒酿能使/人们变糊涂，如果贪婪它不知节制/……酒酿使他失去理智，/英雄们心中愤怒，个个愤然起身，/把他拖出院门，用无情的铜器割下/他的双耳和鼻梁"（21：293—301）。节制使头脑保持清醒，它不

---

① 中国社会科学院语言研究所词典编辑室，《现代汉语词典》（汉英双语 2002 增补本），北京：外语教学与研究出版社，第 1622 页。

但是人与人相处的法则，同时也是和谐的人神关系中的重要原则："一个人任何时候都不可超越限度，/要默默地接受神明赐予的一切礼物"（18：141—142）。神与人地位的不对等体现在"不死之神的特权，其形象是使人类最美好时期的躯体具有光彩：青春、美、平衡的力量①"。古希腊人通过自身实践深谙贪婪之后果，把对于自然的恐惧幻化为"神的愤怒"，因此，文学作品中通过渲染恐怖效果和悲惨后果震慑人类要懂得节制。反观在商品贸易社会初期便形成和发展节制的品格，显示出人类为此受尽苦头而终得的教训，并成为古代西方伦理学②的萌芽。在《尼各马可伦理学》中，亚里士多德指出："在正常的欲望上，很少有人做错，而且只可能有一种错，即过度③。"可以说无论忍耐还是节制，都是人类最初伦理学发展的雏形，也都是围绕财产而建立起来的智慧权术，是获得财富和保卫财富的"软实力"。

2. 生存发展

在《奥德赛》的世界里，人神共舞，纵横交织。通过奥德修斯"流浪"的经历，听众追随其脚步，见到了许多"不死的神明"和"有死的凡人"。但纵观全诗，各路神明尽管数量不菲，但没有一种力量能够达到无极限，超越一切。也就是说，每个神明的力量都是有限的，都有一定的适用范围。比如海神波塞冬，当奥德修斯到达陆地，波塞冬便不能再兴风作浪，甚至河神都敢于帮奥德修斯逃离波塞冬的大海。同理，卡吕普索接到赫尔墨斯的指令，只能执行，哪怕神女有情。尽管神明都是不死的，令人艳羡，但神明的力量是拘囿在自己的势力范围之内的，换句话说，是纵向的。

---

① 让·皮埃尔·韦尔南，《神话与政治之间》，余中先译，北京：三联书店，第 1 页："在古希腊伦理文化中，我们'差不多可以找到以后各种观点的胚胎、萌芽'。"

② 周中之、黄伟合，《西方伦理文化大传统》，上海：上海文化出版社，第 1 页："在古希腊伦理文化中，我们'差不多可以找到以后各种观点的胚胎、萌芽'。"

③ 亚里士多德［古希腊］，《尼各马可伦理学》，北京：商务印书馆，第 91 页。

而有死的凡人，尽管不能逃脱生死的轮回，一生的体验可以超越任何的羁绊，是横向贯穿的，即以奥德修斯为代表的凡人可以越过大海，到达海岛，亦可回返陆地，横切每一个神的个体。而所经历的每一次较量，都是综合的体验。所以，在与神的交往决斗中大大磨炼了人的智慧和勇气。所以从这个角度来说，神不论代表高高在上的神界，还是指古希腊人所惧怕和敬畏的自然界，史诗中的斗争都反映出人类在自然选择的历程中所收获的风险与艰辛、收获与体验。

其次，史诗中人的世界则充满了欺凌、凌辱与战争。人在与自然界的斗争中充满了挑战，无非是为了生存。但除此之外，人类还需要发展，而在古希腊时代，最重要的发展因素便是荣誉①。这一点也是英雄和常人的区分。对于荣誉的追求，已经从《伊利亚特》中阿基琉斯之死表现得很清楚，"宁为荣誉死，不愿苟且生"。虽然在《奥德赛》中阿基琉斯已经后悔，"我宁愿为他人耕种田地，被雇受役使/纵然他无祖传地产，家财微薄度日难，也不想统治即使所有故去者的亡灵"（11：489—491）。从另一方面来讲，恶劣的自然环境与贫瘠的土地使得每一个希腊人都要面临残酷的生存竞争，因此，为荣誉而战，哪怕战死沙场，也要维护英雄气概，否则成王败寇，生不如死②。所以在歌者生动灵活地叙述英雄事迹的背后却折射出希腊人生存的无尽残忍与艰辛。

因此，人神力量的交织体现了在神秘的大自然面前，荷马时代希腊人对生命的探索，同时，也通过神灵寄托作用，在一定程度上规范了人与人之间交往的准则。出于对神明的敬畏和平日生活中的交往模式，再

---

① 常文革、张淳，论古希腊文学蕴涵的人本意识［J］.《长春师范学院学报》（人文社科版），2006（7），Vol（25），No. 4，第132页。

② 参见王焕生译《荷马史诗·奥德赛》第18卷中安提诺奥斯斥责伊罗斯："你这个牛皮家，不该活着，不该出世，/既然你对他如此害怕，如此恐惧，尽管他已经年老，受尽饥饿的折磨。/我现在警告你，我说出的话定会实现。/如果那个外乡人胜过你，比你有力量，/我将把你送往大陆，装上黑壳船，/交给国王埃克托斯，人类的摧残者，/他会用无情的铜刀割下你的耳鼻，/切下你的阳物，作生肉扔给狗群"（18：79—87）。

加上常年征战的残酷生活培植了古希腊人朴素的人神观、自然观：纵然神明具有超群能力，但并非不可战胜；凡人只要拥有足够经验和智慧，且敬畏神明，就不受诅咒，尚且可以存活。所以，与神相比，人更显灵活性和柔韧性，同时，人类集体生活的智慧和伦理也有效地弥补了单个人力的不足，从而增强了人类抵御自然挑战的力量。

3. 征服竞争

《奥德赛》是一部人与神界的斗争史诗，也是人与人之间的生存竞争史诗。"征服自然的观念使人产生了控制自然和控制人的企图，这两者之间有着千丝万缕的联系[①]"。在《奥德赛》中，比武角技是贵族的娱乐项目，但全诗只有在费埃克斯人的国土上进行过竞技描写，以陪衬奥德修斯等贵族的身份。"国王对喜好航海的费埃克斯人这样说：'……现在让我们到外面去进行各种竞技，/等到我们的客人回到他的家乡后，也好对他的亲人们说起，我们如何在/拳力、角力、跳远和赛跑上超越他人'"（8：100—103）。但是奥德修斯由于归心似箭，表示不参加竞技时，费埃克斯人欧律阿洛斯出言不逊，贬斥奥德修斯是"海上贾货之人的首领，/心里只想运货，保护船上的装载/和你向往的获益，与竞技家毫不相干"（8：162—164）。此处，欧律阿洛斯对奥德修斯进行羞辱：只知财富，不懂荣耀，也只能入二流商贾；而从奥德修斯的反应来看，这是尊严问题。这种现象表明在当时的古希腊社会，人们尤其是贵族的思想朝向中对于荣誉的重视。当奥德修斯将巨型铁饼掷出的时候，众人一片静默不语。到送行时，还获得了一份额外的重礼，"我要馈赠他一把纯银剑，剑柄镶银，/剑鞘镶满新做成的种种象牙装饰，/我想他会认为这是件珍贵的礼物"（8：402—404）。这便是征服的力量和胜者的回报。如果奥德修斯不敢参战或战而不胜，境遇则大为不同。从全诗

---

① 杨新立，从《蝇王》看格尔丁的《生态批评意识——征服与文明异化》[J]，《语言文字研究——文教资料》，2011.9（上旬刊）；Leiss William. *The Domination of Nature* [M]. Boston：Beacon Press，1974.

来看，人与人、人与自然、人与神的征服与被征服贯穿全篇。

首先，男人对女人的征服。在荷马时代的古希腊，女人还只是一种财富的象征，就连奥德修斯请求费埃克斯国王送他回家的时候，也只是提到"让我这个经历了无数忧患的可怜人/得返故土，见到我的家产、奴隶/和高大的宅邸，即使我可能丧失性命"（7：223—225），并未提到为之付出一生的佩涅罗佩。但就是这种"征服"，使得本来具备优厚条件再选夫婿的佩涅罗佩甘心情愿为之守候二十年，将一生最好的年华付之泪水与忍辱。另外，欧律玛科斯对于女奴墨兰托的征服，使得求婚者们终于能够得到佩涅罗佩这个蒙着面纱、深居简出的王后的真实想法。而欧律玛科斯对于墨兰托不仅是身体上的征服和占有，而且从心志上控制了她，使其忘弃佩涅罗佩的抚养之恩，心甘情愿地与他私混，过往甚密，并恶语斥责奥德修斯，"你这个不幸的外乡人，真是失去理智，/……当心不要即刻有人强过伊罗斯，/举起强劲的双手狠揍你的脑袋，/打的你鲜血淋淋，把你赶出门去"（18：327—336）。她所谓的"强过伊罗斯"的人正是她心目中的大英雄——欧律玛科斯。也就是说，在全诗中，墨兰托就说了一句话，但这句话却是在热切颂扬她的情人，——征服并利用她的欧律玛科斯，这种征服是从精神上垄断了她的世界，使她沉溺其中并迷失自己，最终成为可悲的殉葬者。

另外，男人之间存在着更为残酷的斗争，对财富、王权甚至女人的觊觎，特洛伊战争便是最好的例子，一个女人使得几个地区的男人们为之征战十多年，损尽性命，远洋出征。而在《奥德赛》里，最典型的男人式的征服便是奥德修斯与求婚者们之间的较量。特洛伊的英雄中阿伽门农失败了，含冤成为刀下鬼；而奥德修斯在雅典娜的襄助之下，在忠诚的妻子、儿子、和奴隶的辅佑下，终获成功。奥德修斯之所以能够在大厅屠戮那些企图侵占王权、财产和妻子的求婚者，是因为幸运的奥德修斯拥有神力、人力、智力、武力等众多因素产生的巨大合力，最终达成。若没有这些因素，奥德修斯等不来最好的时机，阿伽门农的悲剧随时可能重演。没有前面精心的铺陈，胜利的到来也就不会如此大快人心。于此，征服化成了震撼的力量，使得听众郁积的情绪最终得以平复，享受情节的张力带来的审美快感。此外，史诗中还有作为乞丐的奥德修斯和另一名乞丐伊罗斯的战斗，如果不是奥德修斯战胜了伊罗斯，连乞讨的权力都会丧失。由此，竞争与征服成为荷马时代古希腊社会的主旋律，所以不难理解在英语世界里的谚语："与其叫人同情不如叫人嫉妒"的说法，竞争、征服痕迹可见一斑。此外，上面提到的奥德修斯与费埃克斯人的角力同样反映了男人之间的征服和斗争。显然，角斗的结局是"胜王败寇"，非常残酷。安提诺奥斯"大声斥责，'你这个牛皮家，不该活着，不该出世，/……我将把你送往大陆，装上黑壳船/交给国王埃克托死，人类的摧残者，/他会用无情的铜刀割下你的耳鼻，/切下你的阳物，作生肉扔给狗群'"（18：79—87）。决斗失败之后，"奥德修斯抓住乞丐的一条腿倒拖出门，/直拖到宅院门廊，……/你就坐在那里驱赶猪群野狗吧，/自己本可怜，不要再对外乡人和乞求者/作威作福，免得遭受更大的不幸"（18：101—107）。

第三，人与神之间的较量。如前所述，人神之间毫无可比性，人对神的丝毫不敬都会招致可怕的诅咒。如奥德修斯胜利后对神不敬，导致了十年的漂泊，死里逃生；同伴们吃了神明的牛，便以性命作为代价。反之，若人类勤勉献祭，虔诚礼神，神就会庇佑献供人。比如费埃克斯人的土地，"与神明们是近族"（5：35）。而希腊文化中的神并非东方的佛，"普度众生"；希腊诸神具人形，会嫉妒，会淫乱①，因此人神争斗不可避免。在《奥德赛》的篇章里，对神的反叛主要体现在奥德修斯宁可做一个有死的凡人，也要和凡人妻子在一起，而抛弃神女卡吕普

---

① Nelson Conny. *Homer's Odyssey：A Critical Handbook*. Belmont, California：Wadsworth Publishing Company, Inc. P72. "The Problem of the Homeric Gods is how to reconcile 'the cosmic gods and the comic gods'" by G. M. Calhoun. *In Homer's Gods*：Prolegomena. TAPA. 68. 1937. 21.

索；阿基琉斯宁可做没有财产人的使役也不愿在阴间做统领，侧面烘托出人世之美好。因此，尽管神拥有永生性、超时间、空间性，拥有超自然的力量，但神并不能完全征服人类；人类在敬畏神明的同时，仍具有强烈的心灵归家的思想取向。

总之，《奥德赛》的主题是人。尽管描述了神的美好世界与永恒，相比而言，人世间充满战争、厮杀、饥饿、疾病等生存危机，史诗满腔热情地表达了古代希腊人对于神灵的敬畏，希求得到神的庇佑，但始终抱有更好的改造在人间的生活，为人间生活服务的功利主义心态。这样的心态源于其财富至上的文化心理以及商品贸易的生活习惯。同时，史诗以"人"为主题，弘扬了人类的勇敢、智慧和个人奋争精神。此外，史诗又灵活地运用倒叙、插叙等叙事结构，最大限度地吸引听众融入剧情，加之情节的悲欢交错，增强了审美效果。从歌者的角度来讲，审美效果越好，其地位就越稳固。因而，在加工史诗的过程中，歌者是以听众为导向的。由上可知，从史诗的主题和结构来讲，《奥德赛》都可以说是反映古希腊荷马时期人类生存的《功利主义论》。

第三章

荷马笔下的世界

　　《荷马史诗》展现了古希腊荷马时期的自然神祇崇拜以及人与人之间、邦与邦之间的经济、政治以及社会生活图景。而《荷马史诗》作为一部文学作品，同样也是人与环境互动的结果，而作品的本质却需要进行进一步的剖析和挖掘。因此，《奥德赛》中所展现的人与神的世界以及民风与传统成为了解古希腊荷马时期诸城邦社会和文化状况的一把钥匙。

一、人的世界

　　《奥德赛》将众英雄从战场拉回到现实生活，包括被妻子所杀的希腊首领阿伽门农、皮洛斯王涅斯托尔、斯巴达王墨涅拉奥斯以及伊萨卡王奥德修斯，因此，在《奥德赛》中人与人的关系得以彰显。在迈锡尼文明晚期，城邦正在兴起[1]。在这种历史背景之下，人与人的关系主要由财产观念、人与人交互往来以及人的品质三个方面来体现。

---

① 晏绍祥，《荷马社会研究》，上海：三联书店，第 38 页。

（一）财产观念

财产在古希腊人的理念里占据着绝对重要的地位。首先，财产的来源问题。在《奥德赛》中多次提到"饥馑""饥饿"的字眼，无疑，果腹和蔽体的问题在生产力水平低下、人对自然的认识相当有限的社会里成为首要的困扰。奥德修斯在刚刚回到伊塔卡的时候对牧猪奴说"对于世人，没有什么比飘零更不幸，/但为了可恶的肚皮，人们不得不经受/各种艰辛，忍受游荡、磨难和痛苦"（15：343—345）。牧猪奴回忆自己的来历时，又提到"那里的人们从不发生饥馑，也没有/任何可恶的病疫降临悲哭的凡人"（15：407—408），从这里就可知道饥饿在当时很普遍，疾病也不可避免。在史诗的吟诵中，不论是对于果腹的直白渴盼还是对理想化的神界和贵族生活的描述，总是充满了"酒肉"，"杀猪宰羊""精美的酒酿"，以此寄托美好的愿望。由此，财富在当时的社会中成为最主要的考量因素便不足为怪了。因此，奥德修斯这么多年统治伊塔卡，很大程度上也是因为他拥有二十个贵族合起来也达不到的财产①。另外，从史诗中可以看出财产的来源很可能有以下几种：掠夺（战利品或海盗行径）、馈赠（部族交流）和祖上遗传（土地等）。掠夺之物包括牛羊等牲畜、金银和女人。根据史诗材料分析，在当时的社会，自给自足的经济形态仍然占据主要地位。比如女主人自己纺线织布，还有主要的食物供给来源——牲畜养殖。史诗中经常提到的牲畜数量，并且在日常交流中牲畜是主要的交换度量②，这都表明了牲畜在当

---

① 参见王焕生译《荷马史诗·奥德赛》第14卷："主人的家财无比丰盈，任何人都难/与他相比拟，无论是在黑色的大陆，/还是在伊塔卡本土，即使二十个人的/财产总和仍不及他富有，请听我列举。/在大陆有十二群牛，同样数量的绵羊，/同样数量的猪群和广泛散牧的山羊群，/都由外乡游荡人或当地的牧人牧放"（14：96—102）。

② 参见王焕生译《荷马史诗·奥德赛》第1卷"善良而智慧的欧律克勒娅，/……拉埃尔特斯还在欧律克勒娅年轻时，/花钱把她买来，用二十头牛做代价，/在家里对待她如同对待贤惠的妻子，/但没碰过她卧榻，免得妻子生怨气"（1：428—433）。

时经济生活中的重要地位。"离开伊利昂，风把我送到基科涅斯人的/伊斯马罗斯，我攻破城市，屠杀居民。/我们掳获了居民们的许多妻子和财物，/……宰杀了许多肥羊和蹒跚的弯角牛"（9：39—46）。另外，在大战库克洛普斯逃遁之时，"命令他们把绒毛厚实的肥壮羊群/迅速赶上船只，把船开到咸海上"（9：469—470），以及墨涅拉奥斯夸耀自己的财富"忍受了无数的艰辛和漂泊"（4：81）而获得的，这说明远洋战争、掠夺他人财物成为古希腊人获得大规模财富的途径，而且此种行为不但不受到道德的谴责，反而以为荣耀，加以宣扬。因此，恩格斯说："进行掠夺……是比进行创造的劳动更容易甚至更荣誉的事情①。"而且就战争本身而言，男俘通常会被杀掉，抑或少数幸运的成为奴隶；女俘一般不杀，为奴为婢，供主人随意赏玩。另外，外出馈赠也是很重要的财产来源，作为一种重要的风俗在下面一段会加以陈述，此处不表。第三种来源便是继承。显然，奥德修斯承继了父亲拉埃尔特斯的财产，但拉埃尔特斯却自己亲手开辟果园，亲手耕植；而奥德修斯不在家时，特勒马科斯每日为自己的财产担忧，由此可见，财产是有继承传统的，史载："儿子是当然的宗祀继承者，亦即产业继承者②。"

以上三种大体是当时古希腊人的主要财产来源。考究其地理、自然条件，伊塔卡多山则不能有效地发展农业，因而畜牧业成为主要的经济来源。毕竟岛的面积有限，临海的地理条件又加强了不同城邦之间的隔膜，于是，率船出海掠夺成为积累财富的重要来源。由于条件所限，只有寻找财富的人才会到处漂泊，其余的人则为困窘所束，老死不相往来。因此，岛与岛之间并无大规模的联姻关系。常年战乱加

① 程汉大，古希腊罗马为何成为宪政发源地［J］，《甘肃社会科学》，2007（5）；恩格斯［英］，《家庭、私有制和国家的起源》［M］，《马恩选集》（第四卷），北京：人民出版社，1972年。

② 古朗士［法］，《希腊罗马古代社会研究》，李玄伯译，上海：上海文艺出版社，第51页。

剧了男女比例失衡的状况，加上人口贩卖，即使在同一城邦，人际关系亲情亦淡。除了富有的奴隶主可以拥有妻子，占有女奴，其余的人几乎没有稳固的家庭，因此，乱伦通奸、同性恋等情形时有发生，而且逐渐成为一个社会见惯不惊的现象。在这种观念下，希腊的神明自然也难抹去淫乱的痕迹。就财产的观念来讲，尽管"海"的传统赋予了荷马时代的古希腊人财富，而"海"的隔膜也加速了临近岛屿之间的融合，虽然这一手段是血腥的掠夺。由此可见，天然的气候和地理条件使得古希腊人缺失伦理道德并热心于追逐财富，这也成为古希腊文化的重要理念。

其次，就财产的形式而言，在当时的生产力水平情形下，财富主要表现为土地、宅邸、牲畜、祭祀规模、奴隶数目以及妻子。如描写奥德修斯的库房时，"高大的库房，那里堆放着黄金和青铜，/一箱箱衣服，密密摆放着芬芳的橄榄油，/许多储存美味的积年陈酒的陶坛，/里面装满未曾掺水的神妙的佳酿"（2：338—341），此处极言奥德修斯财富之众，又有一百多人同时享宴的厅堂，且分楼上、楼下。此外，还有"猪栏十二个，/……每个栏里/分别圈猪五十头，一头头躺卧地上，/……当时全猪栏一共只残存三百六十头……"（14：13—20）；"在大陆有十二群牛，同样数量的绵羊，/同样数量的猪群和广泛散牧的山羊群……/在这里的海岛边沿共有十一群山羊"（14：100—103）以数量显示奥德修斯的财产丰饶。还有"家宅里共有女性奴仆五十名"（22：421），另男奴出现的有牧猪奴、牧羊奴和牧牛奴各若干。此外，欧律克勒娅所说的祭献"因为世上没有哪个人向掷雷的宙斯/焚献过那么多肥美的羊腿和精选的百牲祭"（19：365—366），也同样体现了奥德修斯拥有的巨额财富；现在奥德修斯经过十年的困苦又带回来许多财富，"衣服""金器""巨鼎""大锅""铜器皿"（13：10—20），这些都是奥德修斯离开费埃克斯人的土地时赠予的礼物，而这些财富在波塞冬的眼中，远远超出特洛亚战争的战利品，"奥德修斯若能从特洛亚安全归返，/随身带着他那份战利品，也没有那么多"（13：137—138）。

再次，关于财产的意义。毋庸置疑，在物质资料匮乏的古希腊社会，财产意味着社会地位，比如奥德修斯和阿伽门农的王位。因为他们的巨额财富，他们为人神所称颂，享受和占有较多的社会物质财富和资源。他们不仅是巨富，还王霸一方，因此，财富又为他们带来较强的行动能力，从而能够征战抑或掠夺他岛财富，从而实现富者更富的霸业。比如远航特洛伊，发动战争。其次，史诗还吟唱了奴隶主的道德品质。究竟品质如何姑且不论，只荷马的特定称谓便可见一斑："神样的奥德修斯""他显赫的父亲"（阿伽门农）"雷声远震的宙斯使一个人陷入奴籍，／便会使他失去一半良好的德性"（17：322），从这里可以看到当时的思想意识认为主人都是高贵的、神圣的；奴仆都是卑贱的，是神注定的。因而，财富或财产的数量不仅可以代表统治权、行动力，还决定了道德品质的优劣。

（二）待客之道

在《奥德赛》中，对于远离家园之人的热情好客和慷慨解囊成为人与人之间交流与沟通的另一种纽带。在古希腊神话中，宙斯被誉为"旅行者之神"，因此，招待远行之客（xenia）亦彰显古希腊人对于宙斯大神的尊重之意。比如奥德修斯府邸对于求婚者的招待（尽管已远远超出敬神的范围）、墨涅拉奥斯和涅斯托尔对于特勒马科斯的招待、甚至人神之间的招待如基尔克、卡吕普索以及费埃克斯王国给予奥德修斯的招待，甚至包含库克洛普斯给予奥德修斯的"特别招待"。从这些招待的形式可以看到，主人的职责在于为客人提供饮食、住宿以及洗浴，却不能提前打听客人的来向和去向，除非客人主动告知。这可以说是一种习俗，在《奥德赛》中充斥了无数的相似场景，无论是人与神还是人与人。归根结底，招待的传统源自于对神的敬畏"只因我敬畏游客神宙斯，对你也怜悯"（14：389）。

　　无可置疑，在史诗中，招待的形式是程式化的。一般客人到访，先进行洗浴，涂抹橄榄油，再穿上象征王权的紫袍，然后食宴。在奴隶主贵族的生活里，一般国王会邀请王公贵胄共进宴会，饮酒、吃肉、吃饱喝足之后才谈论游客来由，并请歌者吟唱；饮宴完毕后，有时会举行会武竞技，比如费埃克斯王国。其实，极言宴会酒肉的丰盛和品种繁多与当时社会衣食不足、饥馑时有发生的贫困状况形成反差，因此，果腹蔽体成为一条不成文的规定，在神的谕令之下，接待方对于远行人一定要尽量满足这两种必需的补给要求。

　　其次，客人离开之时，主人要赠与客人临别之礼，礼物包括路上的"干粮"、饮酒（多为葡萄酒）。对于贵族来说，还有额外的礼物，女人赠女人"纺锤""银提篮"等纺织用具（4：131）；男人赠男人的有鼎、黄金、银浴盆等（4：128—129），甚至还有独眼兽库克洛普斯的特别礼物（推迟食用奥德修斯）以及女神卡吕普索赠与顺风等的特别礼物。一方面是出于对宙斯神的敬畏，另一方面，临行赠与也成为当时奴隶主贵族①财富的重要来源之一。

　　再次，运用现代的眼光来分析，他们的热情好客一方面出于对宙斯等神界的敬畏，另一方面，他们的交往建立在互惠性质的基础之上。在古希腊神话中，宙斯是"旅行者之神"，结合古希腊的航海文化传统，任何出行之人都会遇此艰难境地，因此人人彼此互相掣肘；但仅限一次，倘若再次遇到困难，比如风神，当奥德修斯再次返回，主人便会认为奥德修斯受到了神的诅咒，立即拒之门外（10：72）。就互惠性而言，贵族之间的交往体现了联盟性质。比如奥德修斯与皮洛斯、斯巴达王是特洛伊战争中阿伽门农的同盟军。所以，从阶级的角度来说，热情的招待大多只限于权贵阶层，平民阶层会被轰出去甚至殴打。"使你遭

――――――――――

　　①　编者按：上一节提到："财富财富又为他们带来较强的行动能力，从而能够征战抑或掠夺他岛财富，从而实现富者更富的霸业"，因此，能够出行的大多为贵族阶层。

到凌辱或驱赶，我要你三思"（17：279），以及安提诺奥斯训斥牧猪奴多带一个乞丐来耗费"你是担心这里聚饮的人们还不足以/耗尽你家主人的财产，还得邀请他？"（17：378—379）从这里体现出"好客"的风俗只限于特定的阶层，而且前面的财产观念已经体现出：一地之王或权贵凭借自身的财富具有强的行动力，那么最容易沦为"外乡人"的还是这些"权贵"，所以"势利"的"旅行者之神"——"宙斯"便要求人间形成一个"驿站联盟"，为权贵的出行服务，大家互相接待，互为方便。而破坏这一传统的人必受到神灵的谴责，比如"求婚人的淫荡（wanton）"和对奥德修斯（主人）家园的破坏及对招待传统（xenia）的不尊是让他们死亡的原因①。

（三）人的品质

《奥德赛》除了刻画神明和英雄以及树立意在教化听众的忠奴形象，歌者还将奥德修斯置于伊塔卡的家园，以此勾勒求婚人的群像和再现奥德修斯作为人的代表的品质。

首先，狂妄的求婚人。他们年轻，却偏要执意守候一个与他们的母亲年龄不相上下的二十岁男子的母亲——佩涅罗佩，原因在于佩涅罗佩未来的夫君将会名正言顺地成为伊塔卡王，并坐拥巨额财富。因此，与其说他们为爱情求婚，不如说他们利欲熏心。不仅如此，他们大肆浪费佩涅罗佩的家财，与女奴荒淫无度，并密谋杀死奥德修斯财产的继承人，犯下滔天大罪，与其说是求婚，不如说是逼婚，亦或夺位。再者，他们恃强凌弱，以穷人的搏杀（让化身为乞丐的奥德修斯和乞丐伊罗斯搏杀决定谁可以在宅邸乞讨）取乐，其形象之丑不可言说。他们心口不

---

① Jones Peter. "A New Introduction". *Homer the Odyssey*. Penguin Classic Tr. By E. V. Rieu, Revised translation by D. C. H. Rieu. Penguin Group.

一，虚伪奸佞；表面上说"神明来决定特勒马科斯的生死①"，背地里策划暗杀，企图夺人家财。一群年轻人，终日无所事事，逼迫孤儿寡母，丝毫不念往日奥德修斯救命之恩（安提诺奥斯②），反而落井下石，如此世风日下的铺垫，为奥德修斯的出场与复仇高潮的到来做足了伏笔。

其次，海上的奥德修斯是作为神化的人。而在归家环节，歌者将"神样的奥德修斯"置于伊塔卡人的群像之中，体现出奥德修斯的另一面——多疑、欺骗、伪装和以财产为重。牧猪奴的忠心雅典娜早已告诉奥德修斯，但奥德修斯还是考验了牧猪奴，几番确定其忠心，才委以重任。在特洛伊战场上的睿智与伪装使敌人兵败如山倒，但回到家园，在雅典娜的指示下，奥德修斯又一次伪装骗过了所有的人，而且见到每一个人都在讲故事，编造自己的经历和来历，从这一点上，不仅反映出奥德修斯智谋的延续性，更重要的是，奥德修斯的多疑与欺骗的能力恰恰表明了奥德修斯和刚刚描述的求婚人的群像的共同之处，从而体现了人的共性。从这一点上，雅典娜也认为"一个人无比诡诈狡狯，才堪与你／比试各种阴谋，即使神明也一样"（13：291—292）。最后，奥德修斯的愤怒斩杀了求婚者，绞死了女奴，不是出于他们的荒淫，而是因为他们企图侵占奥德修斯的财产。尽管奥德修斯是闪光的特洛伊战争的英雄，他还有一个身份——伊塔卡王，因此，无论是他的妻子、田庄，还是奴隶、牛羊，浪费他财产的人便是他的敌人。因此，他们只能落得死亡的下场。

通过人性的分析，群像的刻画正是为英雄的出场铺垫，激发听众同

---

① 参见王焕生译《荷马史诗·奥德赛》第16卷"'特勒马科斯是我的／最亲近的朋友，他不用担心求婚人／会加害于他，若是来自神明却难逃避。'他这样说话抚慰，正是他意欲加害。"（16：445—448）

② 参见王焕生译《荷马史诗·奥德赛》第16卷"人们要把他杀死，剥夺他的生命／把他的丰厚财产全部吃完耗尽，／奥德修斯进行干预，阻止了愤怒的人们。"（16：428—430）

仇敌忾，从而更加反衬和突出英雄的伟岸；另一方面来讲，奥德修斯作为史诗的灵魂人物，兼具人性与神性，所以对于奥德修斯的刻画，歌者意在告诫大众统治者都是众神的选民，要服从统治，获得他们的好感，善良得福报（22：374）。

总之，《奥德赛》中人与人之间的关系描写，体现了古希腊荷马时期人们的心理期望——努力构建特殊的人神关系，得到神灵的庇佑，从而获得财富与荣耀；作为神的选民，对外征战获得财富；对内宣扬奴隶要服从主人意志。自然而然地，便形成了三种社会阶层：神第一、贵族次之、奴隶最低，歌者意在告知听众奴隶阶层都是由于过错和不敬神明被神贬斥为奴籍，其品德亦随之降低。因此，从这个层面上来说，《奥德赛》也是荷马时期古希腊社会的《阶级论》。

二、神的世界

《奥德赛》中描述了希腊诸神种种，关系纷繁，颇具人性[①]。所以，让·皮埃尔·韦尔南认为："希腊人的神话学就如同他们对神明的形象化再现。两者都运行在我们采纳的笔调—神人同形论—中。神明的社会组织与平衡——总之，它的运作模式——都是通过种种相互关系来反映的。在这些关系中，有分裂社会乃至引起一场无情的战争的，有值得庆贺的婚姻，有诞生，又在不同的神明之间结起亲缘关系的亲子情，有为了获得权力的竞争，有失败，有成功，有在敌手之间的力量考验，有在忠诚的盟友之间的名誉分享[②]"。总之，在《奥德赛》中，神界不仅延

---

① Guthrie. W. K. C. "Gods and Men in Homer." Charles H. Taylor, Jr. *Essays on the Odyssey Selected Modern Criticism.* Indiana University Press. P4, "Gods, then, come near to men in having a moral character beset by many of the same frailties."

② 让·皮埃尔·韦尔南，《神话与政治之间》，余中先译，北京：三联书店，第263页。

续了《伊利亚特》中诸神的形象与性格，而且通过与人的交织谱写出人神共处的诗学篇章。

（一）神的形象

首先，神明不死。在《奥德赛》中，年龄和岁月在神的世界失力，所有的神不受时间的约束，没有时间的维度，永恒存在[1]，所以叫做"不死的神明"，比如容颜永驻的基尔克和卡吕普索。史诗中的诸神是力量的化身，他们以超自然和绝对超越人类的力量，以怪谲的性格我行我素，毫无东方诸神普度众生的宇宙观，更没有森严的神界等级制度将其规整，而是各自为政，呼风唤雨，在各自的属地兴风作浪，给人间带来灾难和纷扰。当然，对于他们的祭民，即定期给他们献祭并尊崇其为保护神的子民，他们也会保佑。一旦人类有行为违背了他们的意愿，保护神便无情发威，在人间作威作福，给人类以灾难和教训，旨在人类屈从于他们的威力，顺服神界。所以，在神的世界，与其说是力量的展示，不如说是对人类的征服以及彼此力量的对抗。另外，神不仅自身不死，对自己中意的人也会施以风采[2]，使其同样不受时间的磨损，以此树立选民在人间的威望，展现出神界之于人界的优越性。自然而然地，神的选民便成为人间的统帅，从而更加清晰地界定了阶级划分：即奴隶主都是神的选民，他们是伟大的，是离神更近的，所以奴隶要顺从他们、笃信他们、侍奉他们。当然，神也可幻化人身，而且神对人界似乎非常熟悉，比如雅典娜可以幻化不同的人来以适当的形象帮助她的选民，随心所欲地出入每一次需要出现的场合。从超越时空二维的层面来

---

① Saïd Suzanne. *Homer and the Odyssey*. Oxford：Oxford University Press. P316，"the Gods，as they are portrayed in the Homeric Poems，are immune from old age and death."

② 参见王焕生译《荷马史诗·奥德赛》第 6 卷："宙斯的女儿雅典娜这时便使他显得/更加高大，更加壮健，让浓密的鬃发/从他头上披下，如同盛开的水仙。/有如一位巧匠给银器镶上黄金，/承蒙赫菲斯托斯和帕拉斯·雅典娜亲授/各种技艺，做成一件精美的作品，/女神也这样把风采洒向他的头和肩。"（6：229—235）

讲，伪装之下的神在史诗中的出现是对人的世界的有益补充，而神明的永恒性帮助人们完成了场景的转换和情节的交替，同时也体现出了歌者和听众的共同审美意志①，正所谓"诗言志，歌咏言②"。

其次，神明无所不能。史诗开篇歌者对于缪斯女神的呼唤，表明古希腊人意识中的神化世界的特点，即人的一切行为都是神明意志的再现。而且只有在神明的保佑之下，整个事件才会进行得顺利而精彩。从吟诵过程来说，由于歌者自诩为缪斯女神的选民，因此，歌者在社会中享有较高的地位。在奥德修斯屠戮求婚者时，歌者费米奥斯"奔向奥德修斯，抱住双膝，'奥德修斯，……/如果你竟然把歌颂众神明和尘世凡人的/歌人也杀死，你自己日后也会遭受不幸。/我自学歌吟技能，神明把各种歌曲/灌输进我的心田，我能相对神明般对你歌唱，请不要割断我的喉管'"（22：342—349）。另外，欧迈奥斯向王后推荐"外乡人"中说"有如一个人欣赏歌人吟唱，歌人/受神明启示能唱得世人心旷神怡，/当他歌唱时，人们聆听渴望无终止"（17：518—520）；这些一方面表明歌人与神明的关系亲近，另一方面，歌人所吟诵的是神明的指示，因此，神明的无所不能首先体现在对于整个史诗表演流程的庇佑。歌人披上神的外衣，坐拥特殊的社会地位。歌人吟诵得越好，便离神越近。在神明的授意之下，整部史诗结构浑然，艺术手法引人入胜。另外，奥德修斯归乡的整个行程安排，或多或少都有许多神明的安排，从一开始的奥林波斯众神明大会雅典娜提出奥德修斯的问题，一直到最后奥德修斯与求婚者亲属的调和"伊塔卡人啊，赶快停止残酷的战斗，/不要再白白流血，双方快停止杀戮……/这时克罗诺斯之子抛下硫磺霹

---

① 亚里士多德［古希腊］，《诗学》，罗念生译，选自《罗念生全集》（第一卷），上海：世纪出版集团、上海人民出版社，第 56 页，"第二等是双重的结构，有人认为是第一等，例如《奥德赛》，其中较好的人和较坏的人得到相反的结局。由于观众的软心肠，这种结构才被列为第一等；而诗人也为了迎合观众的心理，才按照他们的愿望而写作"。

② 《尚书·尧典》。

霉"（24：531—539），由于宙斯和雅典娜的参与，"人们陷入灰白的恐惧"（24：533），最终双方终于和解，从而体现出神灵控制和操纵之下的人世，同时也通过事件的处理反映出神灵对于众生的态度：即神灵的权威不可触犯。最后，神明的世界尽管也有劳动场面描述，但是神的世界没有贫困没有饥饿，只有荣耀、享受与光彩，也从侧面体现神的无所不能。

最后，神明的德性。古希腊的神明可谓"无德的神明"，只是因为人类出言不逊一句话，可能会造成生灵涂炭，抑或一方灾难。所以，古希腊史诗中的神灵继承了希腊神话中的神性，自我形象鲜明，性格多变。比如海神波塞冬对奥德修斯的折磨，经过九死一生的考验，奥德修斯的同伴全部葬身茫茫大海。念及奥德修斯的同伴，他们随王出征，必要的时候还要成为牺牲品，但问题是，他们的妻儿如何面对同样二十年不归的人，海神波塞冬并无顾忌。经过了十年的苦苦较量，奥德修斯已秉承宙斯神谕回家，但波塞冬还是没有放过他"但我还得一定要让他吃够苦头"（5：290）。也正是波塞冬的愤怒，才有了奥德修斯种种离奇苦难和诱惑考验，生生与家人分离。但也正是这种分离，更加彰明史诗的主题，也才有足够的空间让主人公通过历练而得到命运恩赐的智慧与勇气。当得知费埃克斯王国遣人为奥德修斯送行，在宙斯的默许下，波塞冬惩罚了费埃克斯王国全体人民，其理由是"我在不死的神明中间/不再会受尊敬，……既然凡人毫不敬重我"（13：128—129）；宙斯的回答代表了神界的行为准则"对你这一位/年高显贵的神明不敬重是严重的罪孽。/要是有凡人的力量和权力竟与你相比，/对你不敬重，你永远可以让他受报应。/现在你如愿地去做你想做的事情"（13：141—145），就这样，费埃克斯人生息的地方，被山围困，同时，送奥德修斯的船也变成了石头。人所能做的只能是"我们将不再护送客人，不管谁来到/我们的城市；还需精选十二条肥牛/祭献波塞冬，但愿他能垂怜我们，/不再用连绵的山峦把我们的都城围困"（13：180—183），在神的一指之怒之下，人类面临灭绝的灾难。也就是说，希腊诸神得到人们的敬重、祭祀与顺从是通过强迫的手段，以高于人类不啻百倍的威力让人类屈服。另外，阿波罗射死了欧律托斯，因为"他要同阿波罗比箭术"（8：28），表明神对人的嫉妒，神灵所受用的是人类的崇拜与敬重，却不能接受挑战和失败，否则人类便要面临灭顶之灾。人类对神稍事不敬重，哪怕处于死亡边缘，神亦毫无怜悯和宽容之心，比如在特里那基亚海岛，奥德修斯的同伴因为饿了一个月，不得以食用神牛而被神劈杀，难逃厄运。

因此，在《奥德赛》的世界里，神更多地代表了不可战胜的力量与不可逾越的权威①。同时，希腊诸神的"人神同形同性性②"（anthropomorphism），以及人对于神的顺从与尊敬也体现出古希腊人"生成演化的世界图式③"的哲学思考。

（二）神神关系

如果说《奥德赛》中神人关系是被动的敬重，那么神神关系则是一塌糊涂。首先，神神之间缺乏伦理。在希腊神话中，充斥了神神乱配的现象。另外，史诗中还提到安提奥佩与宙斯、安菲特律昂之妻与宙斯

---

① Nelson Conny. *Homer's Odyssey：A Critical Handbook*. Belmont, California：Wadsworth Publishing Company, Inc. 1969. P74. "The present generation is solidly established and their collective power is absolute."

② Nelson Conny. *Homer's Odyssey：A Critical Handbook*. Belmont, California：Wadsworth Publishing Company, Inc. 1969. P77.

③ 赵敦华，《西方哲学简史》，北京：北京大学出版社，第2—3页："希腊人从来没有'从无到有'的创世观念，神的意欲行为和自然的生成变化被不加区分地交织成一幅世界图式。早期的荷马神话用'命运'来概括神也不能逃脱的决定性。后期出现的赫西俄德的《神谱》以谱系形式描述出世界生成的过程：首先生成的是卡俄斯（混沌），然后是地神该亚，冥神塔尔塔罗斯和爱神厄洛斯。接着从卡俄斯中产生出明亮的厄瑞波斯和夜神倪克斯，两者结合生出太空神埃特尔（以太）和白昼神赫墨拉。该亚则生出覆盖它的星空神、山神和海神等。希腊神话的世界生成图式对后来的希腊哲学的宇宙生成论发生直接的影响；但是，这种图示以神人同形同性观念为基础，用人类的生殖力比拟自然的形成，它只是安排了自然物的时间次序，并没有表达自然界的内在联系、活动秩序和变化原因。"

的交配（11：260、11：266）、战神阿瑞斯与赫菲斯托斯妻子阿佛洛狄忒出轨（8：266），并且阿波罗也表示意愿而并非谴责（8：340）。

不仅如此，女神与人间男子以及男神与人间女子——黎明女神与奥里昂（5：121）、波塞冬与提罗（11：235）之间也是妄自行事，似乎并没有道德规范与准则来诅咒或约束这种悖乱的行为。由此导致的结果就是家庭、家族观念的淡薄，甚至亲子关系也毫无例外：库克洛普斯向波塞冬求救时，会首先强调"要是我真是你的儿子，你是我父亲"（9：529），还有海神女儿埃伊多特娅教奥德赛蒙骗父亲（3：385）。这些事例体现了希腊诸神各自为政、各自寻欢、毫无伦理道德规范的特质。当时，城邦已开始形成，人与人之间由于集体生活的需要和道德力量的约束，群居的行为规范正在形成，而神界由于单个神具有特定领域的超强神力，并不十分需要借助他人力量，因此，疏于合作，我行我素，便成为神界的普遍法则。其实，神界的一片混乱，也是当时人类生活状况的一个缩影。

其次，神界的各自为政使得神界不具有互相辖制的关系。"兄弟俩首先奠定七门的特拜城池，/又建起城墙，因为他们不可能占据/广阔的特拜无城垣，尽管他们很勇敢"（11：263—265）。神神之间的"割据局面"导致了神神之间互不买账，除非对方会给自己带来灾难。比如波塞冬的愤怒，其他的神尽管同情，但奥德修斯的苦难并不能获减；而宙斯作为最大的神的代表，除了威力较大，也并没有为神界良好秩序的建立有所作为。比如卡吕普索呼呼号"神明们啊，你们太横暴，喜好嫉妒人"（5：118），尽管千般不愿意，但摄于宙斯的威力，"不要惹宙斯生气，/你若惹他恼怒，他以后定会惩罚你"（5：147—147）。因此，对于神来说，只要最终服从①，便是相安无事。

再次，神明贪婪残暴。神的世界充满了威力滥用和手足相残。因此，力量（power）成为神界生存的重要法则。他们用神力屠戮凡人丝毫不觉愧疚。比如宙斯杀死依墨菲得娅和波塞冬的孩子（11：318）、巨灵族的灭亡（7：58）都表明了诸神的铁血和残酷。一定意义上说，神界的混乱厮杀也是当时人间战争频发状况的反映，同时，这也从源头上为西方文化打上了征服的烙印。更为有趣的是，希腊人财产第一的理念也在诸神身上找到了原形：阿佛洛狄忒出轨被抓后，阿瑞斯要求退还聘礼（8：318），波塞冬求情并许诺替她偿还。在神的世界，占有别神的女人也要以财化解，由此可见，财产在神的概念里也不失为息事宁人之良药。所以在神的世界，女人仍然代表着财产，而并无任何尊严迹象。而一旦惹怒天神，神神之间的折磨便是永恒的，因为神明是"不死的"，比如奥德修斯在冥界所见到的提梯奥斯（11：576）、坦塔洛斯（11：582）和西续福斯（11：593）。而他们的遭遇也使神界的永恒性和优越性形成无解的哲学悖论。

（三）神人关系

就《奥德赛》中所反映的神人关系来讲，总体来说是征服与敬重，只要凡人勤勉献祭、绝对顺从神明的旨意，神明便不会降临灾难，这就是神灵的庇佑。因此，"祭神成为取悦于神碿的重要手段和方式，为此，希腊人每四年一次举行祭祀宙斯的盛大活动②"。但神界与人间并非互

---

① Nelson Conny. *Homer's Odyssey：A Critical Handbook*. Belmont, California：Wadsworth Publishing Company, Inc. P73. "As long as they yield in the end, Zeus, like any other wise pater-familias, thinks it wise to overlook even provocative disobedience, though he loses his temper now and again."

② 徐新，《西方文化史》，北京：北京大学出版社，第66页。

不相犯，诸神凭一己喜好（elective affinity①）从凡人中选择对象②来帮助，而能够获得神砝帮助的人便成为"神的选民"和"民众首领"，这样做的结果则使"强者更强"，包括在战争中胜利者往往获得对手的财富、妻子、奴隶等，一并带回自己的城邦，这可谓是西方文化中"赢者通吃"法则的渊薮。此外，雅典娜甚至帮助奥德修斯协调与众神尤其是和宙斯的关系，并运用神的智慧亲自设计、策划奥德赛的归家过程，并教导其子特勒马科斯，适时劝慰其妻佩涅罗佩。也就是说，一旦成为神的选民，不仅是选民自己，全家的人都会因此获得神的庇佑，去完成命运的历程。

　　而一旦选民有不敬畏神明的行为，或是挑战神明，或是某一项技能居然能够超过"不死的神明"，或"不知感恩"，便是"自寻死路"。比如宙斯雷劈奥德赛船只（5：131）；出于嫉妒，欧律托斯与阿波罗比箭术被射死（8：227）还有随意用威力斩杀一切不敬神明者比如波塞冬劈埃阿斯（4：510）。在神明的面前，即在神秘的自然面前，人无疑是脆弱和弱小的，所以，在神明的意识里，人只有顺从和依仗神明的庇佑，才能生存和发展。"有了神明的喜欢，人变成为无所不能的英雄；失去了神明的喜欢，人便回到弱小的物种本身③"。因此，神明至高无上，拥有绝对权威，绝对不容亵渎。而对于这种敬畏意识的培养，神明却通过残酷的惩罚手段来震慑人类和神界，从而暴露出征服的血腥性。

　　也正基于此，《奥德赛》中屡次描述祭祀的礼仪。从全诗来看，献

---

　　① Clay J. Strauss. *The Wrath of Athena*：*Gods and Men in the Odyssey*. Rowman &Littlefield Publishers，Inc. P181.

　　② 参见王焕生译《荷马史诗·奥德赛》第13卷："你我俩人/都善施计谋，你在凡人中最善谋略，/最善词令，我在所有的天神中间，/也以睿智善谋著称。可你却未认出/我本就是帕拉斯·雅典娜，宙斯的女儿，/在各种艰险中一直站在你身边保护你，/让全体费埃克斯人对你深怀敬意。"（13：297—302）

　　③ Clay J. Strauss. *The Wrath of Athena*：*Gods and Men in the Odyssey*. Rowman &Littlefield Publishers，Inc. P182. "Divine favor and divine wrath oppose as well as mirror each other：the one elevating a mortal to heroic stature；the other，reducing him back to his mortality."

祭仪式的主要程序大致如下：祭祀前的净手、净身过程，装饰牺牲、祭品（以公牛为至尊），抛撒大麦与醇酒，焚烧祭祀的腿件以及最后的众人分食宴会等等①。祭祀的时间一般为出发前（2：432），遭遇困难需要得到神灵的帮助（12：335）（5：445）之时。而且，祭祀需要遵照一定的仪式，以表虔诚。首先，净礼。祭祀、祈祷之前条件允许的要沐浴换衣，如果在野外或条件不允许，至少要洗手（2：261），很显然，净礼一项与后来的伊斯兰教的净礼一脉相承。而且就洗手而言，每次盛宴之前必先有侍女侍奉洗手，无论是出于卫生需要（比如今天的以手抓取食物的种族，如印度族、马来族等），还是感谢神明所赐予的精美食物（基督徒用餐前的祷告，感谢神明赐予事物），都带有原始的宗教色彩，以承接人与自然的亲密联系；第二，祭祀用的牺牲，一般来说，肥牛腿或整头的牛、羊，并且向神敬酒，简单一点的有牛舌、白牙猪鬃毛（14：415）等，体现了当时社会发达的畜牧业②。第三，与神更为亲近的城邦会为自己的保护神修建神庙，比如费埃克斯人为波塞冬建造的神庙（6：266）。而对于人类的整体文明来说，祭祀的"仪式通过象征的作用将生活的世界和想象的世界融合在一起③"。

总之，对于普通古希腊人来说，神即宙斯，宙斯即神④，其实是由于人们分不清神谱，为呼唤方便，总以宙斯的名字便宜指称（22：253）。但宙斯在《奥德赛》中的形象甚至互相矛盾，如波塞冬的愤怒导致奥德赛的流亡，宙斯再劈一剑，助纣为虐；而最后宙斯又帮助特勒马科斯震慑求婚者（2：146），此又行善。归根结底，一切矛盾之处在

---

① 吴晓群等，《古代希腊仪式文化研究》，上海：上海社会科学院出版社，第38—39页。
② 吴晓群等，《古代希腊仪式文化研究》，上海：上海社会科学院出版社，第24页，"远古时代，人们以狩猎和饲养牛羊为主要食物来源，牛羊与他们的日常生活密切相关，牛更是尤为珍贵"。
③ 吴晓群等，《古代希腊仪式文化研究》，上海：上海社会科学院出版社，第5页。
④ Nelson Conny. *Homer's Odyssey*: *A Critical Handbook*. Belmont, California: Wadsworth Publishing Company, Inc. P75 "The name of Zeus, as that of the greatest god, is often used as equivalent to the power of the gods in general."

于神界的主旨——显示威力，树立绝对权威，征服人类，包括波塞冬最后放过了奥德赛。在神的理念里，只要人类服从，慑于威力，朝令夕改并无不妥。而且，神神之间并非相互掣肘，但是又慑于对方的权威或是他神的权威，神神之间形成彼此的威力震慑，因而，诸神之间保持了对对方权力的尊重。从这个意义上来讲，神之所以为神，在于他们超自然的力量，而并非其他文化中的"神"的道德教化作用。反而，在古希腊的世界，神品自私邪恶，喜怒无常。实际上，史诗中所折射出的混乱与战争也体现了当时社会无序且无德的状况。从这个意义上来说，神并非人类的驯化者，他们的永恒性给人类带来了无尽的灾难；就道义来说，诸神各为一方，并无集体生活，也并不需要伦理道德等合作意识的培养。色诺芬认为"所有的人类思想都是起初由荷马塑造的①"，相比神界来讲，古希腊人的世界更具有历史进步性。同时，神神之间乱伦偷情、亲情缺失、残杀手足、父母，一方面歌者为了吸引听众，满足听众的某种欲望需求；侧面上也暗射当时社会的混乱。因此，希腊诸神尽管不具有现代宗教中"崇高意义"上的神品，但诸神群像描写体现出荷马时期的古希腊社会环境下人类希望征服自然的愿望，也表现出人对于变化诡谲自然的恐惧（神的愤怒），由此观之，《奥德赛》可以说是一部古希腊人的《自然论》。

三、荷马的声音

史诗虽然在形式和内容上留下了很多历史传承的痕迹，但对于歌者来说，每一次的表演都是重新创作。因此，史诗传统与歌者的个人才能

---

① Guthrie. W. K. C. "Gods and Men in Homer." Taylor. Charles H., Jr. *Essays on the Odyssey Selected Modern Criticism*. Indiana University Press. P1, "Since all men's thoughts have been shaped by Homer from the beginning."

很难割裂开来，《奥德赛》亦不例外。史诗中篇幅不多的"荷马的声音"，画龙点睛地道出古希腊人的心声。在今天看来，这些蛛丝马迹实为了解当时世间百态的珍贵史料。正如艾略特在《传统与个人才能》中说："历史的意识又含有一种领悟，不但要理解过去的过去性，而且还要理解过去的现存性……这个历史的意识是对于永久的意识，也是对于暂时的意识，也是对于永久和暂时结合起来的意识。就是这个意识使一个作家成为传统性的①。"诚然，历史性蕴含了时间的相续，但在创作的一刻所有的历时性统一于创作者的视野，呈共时性铺陈。尤其是"理解过去的现存性"，个体的解读视角不同，过去的现存性自然因人而异，体现出了个人的才能。因此，在继承历史与传统的话题之下，艾略特认为："诗人必须获得或发展对于过去的意识，也必须在他的毕生事业中继续发展这个意识②。"因此，"荷马的声音"便是荷马对于传统与同时代的意识流露。

（一）命运（Moira）

整部史诗都是歌人为听众讲述神界和人间的故事，歌中人物的命运一定程度上反映出古希腊人对于起伏不定的人生的思考，并将之寄托于"命运"（moira）。命运（moira〈μοῖρα〉，aisa〈αἶσα〉）的核心含义是"份额"和"分配"，是属于并应该由接受方保有的"分子③"。在古希腊人的朴素意识里，人类共同分享无形力量的"祸福恩赐"，又加上其航海商贸传统，因此，古希腊人多运用与生俱来的经济天赋从商业视角来阐释命运。

---

① 托·斯·艾略特［英］，《传统与个人才能——艾略特文集·论文》，卞之琳、李赋宁等译，上海：上海译文出版社，第2—3页。

② 托·斯·艾略特［英］，《传统与个人才能——艾略特文集·论文》，卞之琳、李赋宁等译，上海：上海译文出版社，第5页。

③ 陈中梅，《荷马的启示——从命运观到认识论》，北京：北京大学出版社，《前言》第1页。

首先，荷马一次次告诫人们要忍耐。如前所述，"神样的奥德修斯"也需要忍耐才能存活，这里"荷马的声音"意在通过潜话语的方式告诫人们对待命运的态度。奥德修斯的忍耐是力量的积蓄与时机的等待，其忍耐是为了一举迸发，而荷马作为歌者将此种品质反复强调，并最终使其成为后世宗教经义中的玉律，以教化众生将此正确的生命观潜移默化，形成品质。在古兰经中，强调"坚忍"的训条比比皆是。"信道的人们啊！你们当坚忍，当奋斗，当戒备，当敬畏真主，以便你们成功"（《古兰经》3：200）；"惟有坚忍的人，得享受完全的、无良的报酬"（《古兰经》39：10）。这里，"坚忍"的品质便是对生命的坚持和忍耐，同时这也是成功的充分条件。

其次，荷马在史诗中不止一次地通过各种渠道强调"克制"，这在原始初民社会中难能可贵。首先，克制权欲："原来我从前在世人中也属幸福之人，强横地做过许多狂妄的事情，听信于自己的权能，倚仗自己的父亲和兄弟。一个人任何时候都不能超越限度，要默默接受神明赐予的一切礼物（18：137—142）"，这是奥德修斯在编造自己的经历时与人分享的，实际上，这不仅是奥德修斯所编故事中人物的形象，也是这么多年漂泊带给奥德修斯的深切体会。如果到达库克洛普斯人的土地时加以克制，填充补给立即起航，也不至于最后直接迎击独眼巨人，落得损兵折将的下场。同时，歌者借助奥德修斯的嘴说出来，以故事套故事的语言形式，以栩栩如生的鲜活事例告诫听众，适度原则将使人类保全性命，终获幸福。其次，克制享乐欲望："甜蜜的酒酿使你变糊涂，酒酿能使人们变糊涂，如果贪婪它不知节制（21：293）。"史诗中极言酒宴之奢，但歌者自诩为缪斯女神的信息使者，因此，不免借助特殊的身份在酒宴的场合假借"女神传声筒"对宾客隐性提醒。歌者出生地位低下，不能直言相谏，但歌者日日目睹盛宴狂醉。诗中安提诺奥斯讽刺别人是饮酒冲昏了头脑，其实反讽手法的运用正昭示了他自己的悲惨命运。最后，克制色欲。这在史诗中人界与神界均难以做到。但奥德修

— 101 —

斯，这个强大的神化的人他做到了，历经艰险与诱惑，终得善果：保全性命，团圆幸福。若当时奥德修斯贪图安逸，和神女卡吕普索或基尔克在一起，最终也难逃一死。从史诗中典故可以得知，与女神在一起的凡间男子均因天神嫉妒而终遭天谴，不得善终。比如阿尔特弥斯射死了爱上黎明女神的奥里昂；宙斯劈死了与得墨特尔爱欢爱的伊阿西昂（5：121—128），由此可以预知奥德修斯的克制无形之中保全了性命。而克制作为阴性的品质在《奥德赛》这样雄壮的史诗中以潜话语的形式发人深省，歌者的良苦用心可见一斑。

最后，《奥德赛》最核心的显性主题——苦难。首先，歌者强调人生而苦：母亲生下他，似乎就是让他遭不幸（3：95），即使是神明，也难以逃脱。再比如向佩罗求婚的"高贵的预言者"，"神明注定他因而要承受许多苦难，/体验沉重的镣铐，在野外放牧牛群。/他一天一天一夜一夜地备受煎熬，一年的时光流逝，命定的时限来到，/国王伊菲克洛斯宽赦他，把他释放，让他作预言，终于实现了宙斯的意愿"（11：292），极言命运的力量。其次，凡人为财而苦"尽管也许有人或无人能和我比财富。须知我是忍受了无数的艰辛和漂泊，第八年才用船载着他们返回家乡"（4：80）。在当时的恶劣条件下，大海神秘充满危险。为了获得财富，城邦王不得不率船出征，以自己的勇敢和残暴虏获其他部落的财富，充盈自身。因此，英雄们往往在展示财富的时候满怀成就感，寥寥数语道出得财的艰辛。而奥德修斯十年的漂泊对于他和家人来说，无疑是人生的苦难历程。

因此，在荷马的世界里，歌者的特殊身份和对于传统的继承使得他们对于历史、神话均驾轻就熟，而对人神的经验教训亦如数家珍，信手拈来。在史诗中，古希腊人对于命运的探索和智慧的积累已初见端倪。忍耐、克制与苦难的思想无疑在古希腊人与自然搏斗的航海文化中是保全性命的良药，也是积累财富的必备品格。从这个层面上来看，歌者不仅娱乐大众，为奴隶主阶层唱赞歌，教化奴隶忠心，还从总体上点亮人类生存的智慧。因此，"一部口头诗歌不是为了表演，而是以表演的形式来创作的①"。

（二）人世（Brotoi）

荷马的声音教化人心功不可没。除了前面提到的阶级局限性，认为奴隶主是"神的选民"，大众是由于触怒了神被贬为奴的原始"命定论"之外，还强调了人之于自然的生存法则。首先，人要行善。按照古希腊人精于计算的传统，歌者运用数学的方法告诫人们"做善事比作恶事远为美好和合算"（21：374），因为墨冬没有参与求婚者的队伍，奥德修斯保全了其性命。而奥德修斯告诫奶妈欧律克勒娅的话也是作为"荷马的传声筒"告知听众："老妈妈，你喜在心头，控制自己勿欢呼，／在被杀死的人面前夸耀不合情理。／神明的意志和他们的罪行惩罚了他们／因为这些人大不敬任何世间凡人，／对来到他们这里的客人善恶不分"（22：411—415）奥德修斯杀死求婚者后，奶妈现喜色，多年的屈辱血洗，但奥德修斯已经没有了特洛亚战场胜利归来时的狂傲，而是历数这些刀下鬼的罪恶滔天。正是他们的暴行触怒了神灵，而他本人也得以在神灵的暗助下完成了复仇。因此，荷马以极其血腥的场面告诫世人：行善得以保全，作恶终不得免。

第二，宣扬人世最好。尽管史诗以大量的笔墨极言神界的美好景致与丰饶物产，与饥馑、残破的人间形成鲜明的对比，但歌者在字里行间却流露出对人世的赞美。首先，宁为荣誉而死，不为碌碌而生的阿基琉斯死后羡慕人世、不做阴间首领，"我宁愿为他人耕种田地，被雇受役使／纵然他无祖传地产，家财微薄度日难，／也不想统治即使所有故去者的亡灵"（11：489—491）；而闯过神女卡吕普索、基尔克与女妖塞壬

---

① 阿尔伯特·贝茨·洛德［美］，《故事的歌手》，尹虎彬译，北京：中华书局，第13页。

诱惑的奥德修斯最终平静地在人间终老，也是作为命运赐予他的福祉，人世间的酸甜苦辣与天伦之乐是崇力尚武的神界与黑暗压抑的冥界所不具备的。最后，史诗又通过奥德赛进冥府时的惊秫描写，"吸乌黑的牲血""血污的铠甲"等与一尘不染的神界和充满阳光的人世形成了鲜明的对比。再者，可怜的祈求和无奈的哀叹充斥冥界诗行，从文学手法上带给听众震撼的视觉冲击与听觉浸濡，无疑，"人世最美"是整合这一系列凌乱对比的最好阐释。所以，在荷马的世界里，奥德修斯的回归，是对冥界与神界的"拨乱反正，带来新生，是永恒的死亡与再生的神话①"。

最后，荷马自己的原型——歌者，作为特殊的群体，作为缪斯神的喉舌，为众人传达神明的旨意，自然他们的身份在史诗中特殊且贵重。第一，体现在宴会上的礼遇"潘托诺奥斯给他端来镶银的宽椅，/放在饮宴人中间，依靠高大的立柱。/传令官把银色优美的弦琴挂在木橛上，/在他的头上方，告诉他如何伸手摘取。/再给他提来精美的食篮，摆下餐桌，/端来酒一杯，可随时消释欲望饮一口"（8：65—70）。饮宴者皆为王公贵胄，歌者出身寒微却能出入席间，身份殊荣可见一斑。其次，史诗中颂扬高尚的心灵亦以歌者相比。"你却有一副高尚的心灵，言语感人。/你简直犹如一位歌人"（11：367—369），"所有生长于大地的凡人都对歌人/无比尊重，深怀敬意，因为缪斯/教会他们歌唱，眷爱歌人这一族"（8：479）。无疑，歌人以尊贵的身份自居，并自诩其所歌唱的话语皆为女神缪斯所赐，俨然独立于森严的社会等级之外。尽管如此，歌者还是要在每一次表演中游走于传统与现实之间，以获听众的青睐，一定意义上，受众的喜欢也是歌者生命和生涯得以延续的有力保障。最后，史诗宣称伤害歌者之人将会获罪，作为震慑。"如果你竟然也把歌颂众神明和尘世凡人的/歌人也杀死，你自己日后也会遭不幸。/我自学歌吟技能，/神明把各种歌曲灌输进我的心田"（22：

---

① 阿尔伯特·贝茨·洛德［美］，《故事的歌手》，尹虎彬译，北京：中华书局，第266页。

345—348）。显然，歌人以神佑为借口，得以在"奥德修斯的愤怒"中得以自保。而通过歌者的叙说，不难看出，歌者的歌唱是需要通过拜师学艺，抑或祖上传承的形式来进行学习和训练的。表演之前的学习便是歌者"学习乐器的弹奏和学习传统的程式和主题①"的过程。因此，漫长的历程培养了歌者对于自己职业的使命感和神圣感，在史诗吟诵过程中亦不免露出优越的痕迹。

总之，关于人，荷马在史诗中发挥的是心灵的教化与训诫作用。由于职业的特殊性，歌者往往博古通今，同样的材料反复表演，穷尽一生，而在每一场演说与创作中，自身对人生的理解不断深化与升华。荷马教导人们行善，宣扬人世的美好，尽管人生多苦难，离开人世便意味着失去了光明，失去了人类区别于神与鬼的土壤，从这个意义上来说，歌人以寓教于乐的表现形式，规定了当时社会的重要行为规范。因此，荷马史诗成为"希腊文化的象征与希腊文明和希腊民族的象征②"，同时，荷马史诗也成为"古典时期希腊民众教育和文化的基础③"。不可忽略的是，歌者由于对主人即奴隶主贵族的依附性而造成史诗内容不可避免的阶级局限性使得他们为当时的统治阶层歌功颂德亦在所难免，因此，历史地辩证地理解歌者和史诗成为解读荷马的另一把钥匙。

（三）神灵（Theoi）

荷马对神充满敬畏，作为歌者的身份，深受缪斯女神的启发才得以做出引人入胜的表演，对神的膜拜自不待言。他认为人所拥有的一切皆为神所赐，包括人的智慧和思想，例如"若不是目光炯炯的雅典娜赋予他思想"（5：427），基于此，对神的感恩溢于言表，从而有益于建立

---

① 阿尔伯特·贝茨·洛德［美］，《故事的歌手》，尹虎彬译，北京：中华书局，第32页。
② 徐新，《西方文化史》，北京：北京大学出版社，第64页。
③ 徐新，《西方文化史》，北京：北京大学出版社，第64页。

和谐的人神关系。在和谐之中，人的生活尽管艰苦，太大的灾难也会避免，而人的生命才会得以保全。实际上，这样的思维模式表明了以商贸、掠夺为生的古希腊人功利主义的思想发展痕迹。

同时，对于神明无所不能，荷马也持认可态度。"你只需保持沉默，其余的由神明照应"（19：501）。言下之意人世所需要的一切，在当时人们的思维习惯里面，神界轻而易举便可赐福降祸。如此，人类对神界的依赖直接导致认知上对神界的承认和恭敬，因此，在史诗的吟诵中，对于神界的描述总是充满了艺术性的夸张，精致美妙，只有享受，没有苦难。神的力量也被描述成无处不在，无时不有。以此，史诗达到"卡塔西斯①"的作用，与其说"使这种感情得到陶冶②"，不如说是通过对于现实生活的升华，使听众的美好愿望能够在歌者的表演中得到满足。因此，歌者对于神界的态度还是不能割裂对人本身认识的初衷，即让人类行为有所规矩，毋要触怒神灵，并怀着对神灵的敬畏生活，努力做神的选民，从而构建了叙事空间里特殊的人神关系。

从另一方面来看，歌者尽言奢华，描述金光闪闪的神界，潜意识里也表现出对不死神界的向往。尽管表演酣畅淋漓，现实生活的果腹和蔽体问题时常困扰荷马时代的古希腊人，哪怕是奴隶主贵族。在这种情况下，歌者大着笔墨描述精美衣物、华丽宫殿和美味食物，与现实世界俨然天壤之别，以此来激发人类对神的崇敬。"库克洛普斯们受到不死的天神们的庇护，既不种植庄稼，也不耕耘土地，所有作物无需耕植地自行生长，有小麦大麦，也有葡萄累累结果，酿造酒醪，宙斯降风雨使它

---

① Richter. H. David. *The Critical Tradition*：*Classic Texts and Contemporary Trends*. Bedford/St. Martin's. P41 "Katharsis means clarification, and it is the tragic incidents that are clarified: the process of poetic imitation, by stripping all accident and contingency from the tragic fall of the noble protagonist, reveals as clearly as possible how such things can happen. Tragedy here has an educative function."

② 亚里士多德［古希腊］，《诗学》，罗念生译，选自《罗念生全集》（第一卷），上海：世纪出版集团、上海人民出版社，第36页。

们生长"（9：107—111）。尽管神界所生的植物与人界无异，但是作为艺术表现形式来说，文学的传统与歌者的想象很难逃离现实生活的范畴，同时，神人共同的生活环境能够进一步引起听众共鸣，客观上增强了表演的可信度，从而大大加强了表达效果。可以这样说，荷马口中的神界便是理想化的人界，换句话说，正是柏拉图哲学中"原型世界"或叫做"彼岸世界①"，而现有的人界只是对于彼岸世界的模仿，只能接近而不能真正达到。

总之，歌者虽然是就古代流传已久的段子重新排列即兴表演，但很难说没有自己对于命运的感喟夹杂其中，虽迹象细微，《奥德赛》还是流露出了歌者的心志。就像柏拉图在《会饮篇》中所说："在哲人拒绝承认诗人的'智者'头衔之前，诗人原本就是智者。即便哲人抗议，诗人仍自封为智者。诗人的智慧是庸俗的智慧，只是拿来把三万或更多人弄得头昏脑涨而已，却没有能力经得起个人的盘诘②。"人生而苦，对于古希腊人来讲，物质匮乏、追求财富的辛苦以及与自然斗争的种种苦难深深地烙在他们的脑海，而将希望寄托于神明，这些都是客观地反映出社会生产水平低下时，人类对于生命、自然的困惑。一方面，古希腊人希望得到神明庇佑增强生存能力，另一方面，他们的愿望并不代表希望自己成为神。尽管人的力量有限，人世间是最真实的存在，而真实对于功利的"商人"来说，更富安全感和可信度。同时，歌者在整个人神关系中成为重要的联结和纽带，他们受到女神缪斯的启发，离神最近，又大多出生于社会下层，加之工作环境与上层相通，因此，歌者的声音也最具代表性。他们用神的力量保护自己，获得尊严。而表演中所

---

① Richter. H. David. *The Critical Tradition：Classic Texts and Contemporary Trends.* Bedford/St. Martin's. P19. "……separates the eternal world of true Being from the world of Becoming, the material things that are begotten, born, and die."

② 伯纳德特［美］，《弓弦与竖琴——从柏拉图解读奥德赛》，程志敏译，北京：华夏出版社，第1页。

流露出的古希腊人朴素的人生智慧如忍耐、节制，则反映出荷马时期古希腊人对于正在形成的城邦制社会的思考，也可以说是建构和谐人神关系的初步探索。从这个层面上来讲，"歌者的声音"是荷马时期古希腊人的《命运论》。

第四章

方法论探索
——《奥德赛》引发的思考

　　《荷马史诗》"概括了古希腊人的社会生活与思想意识，达到了产生史诗的那个时代真善美结合的艺术高度①"，因而，由史诗引发的研究广泛而深入。对于史诗的研究遍及政治、经济、历史、文化、文学等多种学科。由文学研究的视角观之，《奥德赛》中所描绘的女性群像作为"男性世界"《伊利亚特》的有益补充，是当时社会人类活动的生动写照。其次，《奥德赛》看似重点描述奥德修斯，实际上，人与神的群体性较量是隐藏于史诗中的另一条主线，体现出古希腊人朴素的生命观。最后，《奥德赛》作为口述文学的艺术样式，以其独特的表述风格和审美关照体现了声音、文字等不同媒介的文化传播方式和特点以及受众的接受与美感体验。

一、为佩涅罗佩正形

　　关于《奥德赛》，国内外的研究视角有很多，其中女性视角研究随

----

　　①　李赋宁，《欧洲文学史》（第一卷），北京：商务印书馆，第17页。

着女性主义的兴起层出不穷,独树一帜。例如萨缪·巴特勒(Samuel Butler)甚至认为《奥德赛》是由一位女性作家写成,即费埃克斯王国的公主瑙西卡娅,尽管证据并不充足,但是足以说明女性在《奥德赛》中的形象与《伊利亚特》相比更加重要①。其次,法国作家埃兰(Alain Peyrefitte)的专著《佩涅罗佩的神话》("Le Mythe de Pénélop")对佩涅罗佩的沉默、复杂性、反抗、赌注、信念等进行了细致而深入的分析,得出佩涅罗佩人性的"三位一体":兼具有少女的纯洁、妻子的魅力和身为母亲的谨慎。同时,她亦不乏勇敢和圣洁的品质②。美国斯坦福大学的 Barbara Clayton 教授撰写专著《佩涅罗佩的诗学——荷马《奥德赛》中编织而成的女性主义》(*A Penelopean Poetics*:*Reweaving the Feminine in Homer's Odyssey*);Beth Cohen 教授的《阴性一面:再现荷马〈奥德赛〉中的女性形象》,则将史诗中出现的女性一一列数,包括雅典娜的计划,塞壬、缪斯女神和其他女性阐述者,与奥德修斯相会的诺西卡亚、为奥德修斯洗脚的欧律克勒娅。在书中,Beth Cohen 指出"如果我们将女神和半女神的女性形象囊括进来,《奥德赛》是女性的万花筒③"。国内学人亦不乏此类研究。李权华的论文《"被缚"的女人——浅析〈荷马史诗〉中的女人群像》,陈戎女的论文《佩涅洛佩的纺织和梦——论〈奥德赛〉的女性主义》。李权华的论文通过分析三类"被缚"的女人形象,体现出古希腊荷马时期女性的从属地位。其中佩

① Butler Samuel. *The Authoress of The Odyssey*. E. P. Dutton Company. 1921.

② Peyrefitte Alain. *Le Mythe de Pénélop*. Librairie Arthème Fayard. P213. "Pure, aimante, vigilante, elle est à la fois jeune fille, épouse et mère; dans son héroïsme et presque sa sainteté, elle ne cesse jamais d'être femme; elle est même d'autant plus profondément femme, qu'elle tend vers l'héroïsme et vers la sainteté."

③ Graham. A. J. "The Odyssey, History, and Women". Cohen Beth (ed.). *The Distaff Side*:*Representing the Female in Homer's Odyssey*. Oxford University. P3, "If we include the goddesses and semidivine women, the Odyssey presents a great panorama of womanhood."

涅罗佩乃是忠贞贤惠的楷模①。综而观之，不论是人文主义关照，还是家园意识的研究，更多的关注点都会落在佩涅罗佩等女性形象的女性主义分析层面。女性主义与其他的研究方法相比，具有更为新颖的视角，而且《奥德赛》更加注重人世的描述和女性形象的刻画。但是，在分析史诗时应注意避免过多依赖理论框架而对人物进行"过度解读和消费"，扭曲史诗的本来面目和主题思想。

（一）反"长袖善舞"论

《荷马的世界》一书这样评述佩涅罗佩："她的织布计谋，则展现的是她以女性的 mētis 编织谎言的能力②"；"她的长袖善舞，她的狡猾和骗术，简直和奥德修斯别无二致③"。首先，织寿衣的借口符合佩涅罗佩的身份。佩涅罗佩作为一地之母，时刻注重仪表形象，从不轻佻示众。每次的出场形象几乎相同——"系着光亮的头巾，罩住自己的双颊，/左右各有一个端庄的侍女相陪伴"（1：334—335），如此郑重其事，无疑歌者意在表明佩涅罗佩是贞洁的。其次，佩涅罗佩深谙强行与求婚人对峙对于孱弱的孤儿寡母意味着什么。因此，面对 108 名求婚者毫无善意的逼婚和每日的蝇营狗苟，用合适的借口拖延时间是唯一可能的也是她的最后选择。

而对于孤立无援的佩涅罗佩来说，拖延的唯一胜算就是丈夫的归来。实际上，二十年的岁月已艰难挺过，丈夫能够回来的希望已经被当时"风暴卷走"的残酷现实冲洗得渺茫至极。但佩涅罗佩忠心可鉴，坚持等待。如果不是出于对丈夫的爱，她完全可以在二十年之中出嫁，但事实上她忠实地履行与夫分别时的诺言，孝顺父母、抚养儿子。因

---

① 李权华，"被缚"的女人——浅析〈荷马史诗〉中的女人群像［J］，《云梦学刊》，2002，Vol. 23（6），第 71—73 页。

② 陈戎女，《荷马的世界——现代阐释与比较》，北京：中华书局，第 273 页。

③ 陈戎女，《荷马的世界——现代阐释与比较》，北京：中华书局，第 274 页。

此，从守护家庭的角度来讲，佩涅罗佩给老公公织寿衣的借口实属无奈之举，也最易为世人所接受。

无疑，织布作为最典型的妇女劳动，是最好的拖延办法，也是最符合佩涅罗佩身份的行为，因为当时的古希腊妇女很大一部分劳动就是织布。于是她白天织布，晚上烧掉，如果不是被女奴出卖，一匹布佩涅罗佩已经成功地织了三年。因此，织布的借口于情于理都是最容易被人接受又最容易操作的借口。而被评价为"像海伦一样表里不一，善于骗人①"实在脱离语境，严重地扭曲了佩涅罗佩的形象。诚然，"给老公公织寿衣"是一个拖延的借口，可就按公公的年龄来讲，史诗中也并没有足够的证据证明这件事不是事实，何况儿媳妇给老公公织寿衣是当地的风俗，"这是给英雄拉埃尔特斯织造做寿衣，/当杀人的命运有一天让可悲的死亡降临时，/免得本地的阿凯奥斯妇女中有人指责我，/他积得如此多财富，故去时却可怜无殡衣"（19：144—147）。所以由此而贸然认为佩涅罗佩"长袖善舞"是有待商榷的。

其实，佩涅罗佩的机智和她真正的态度并不是因为织寿衣的借口有多么巧妙，机关在于晚上用燃起的火炬拆毁织好的布。作为伊塔卡王后，尽管地位显赫，也只能运用无声的手段来表达自己的真实内心，可以说，这恰好表现了丈夫不在之时一位妇女的柔弱。另外，就弓箭比赛来说，与其说佩涅罗佩"工于心计"，不如看成一个女人对自己心爱丈夫最后的忠贞。奥德修斯离家时曾经告诉佩涅罗佩"但当你看到孩子长大成人生髭须，/你可离开这个家，择喜爱之人婚嫁"（18：269—270）。佩涅罗佩面临重重重压，守护家园，作为一个妇人，她已经筋疲力尽，因此，最后的顺从却也表达出对丈夫的忠心和爱意。

在佩涅罗佩的世界里，无疑，弯弓是丈夫的心爱之物，是丈夫的象征。因此，拿出丈夫的弓箭向求婚人挑战，字里行间流露出内心无声的

---

① 陈戎女，《荷马的世界——现代阐释与比较》，北京：中华书局，第274页。

叹息，但是她又不能有新的理由再拖下去，如果那样，儿子也会因为财产问题跟母亲反目成仇，实属不得已而为之。她并非想要一个新丈夫，而是想给儿子、给大家也给自己的丈夫一个交代，唯独没有她自己，因为史诗中描述就算是老乞丐赢了她都会嫁。从这点可以看出，佩涅罗佩嫁人的心已死，她深深怀念自己的丈夫，而并不是什么所谓"长袖善舞"的表现。而且在整部史诗里，佩涅罗佩没有一丝对于权力的欲望展现，她朝思暮盼的无非就是丈夫的归来，合家团圆①。

最后，关于婚床的秘密。奥德修斯离家的二十年，足以让特勒马科斯从初生婴儿长成青年，更不用提二十岁的佩涅罗佩变成四十岁，抑或更老。而佩涅罗佩之所以没有立即与奥德修斯相认，而是设置了重重考验，正暗示了二十年的艰辛与磨折。越来越多的人都知道如果冒充奥德修斯或冒充见过奥德修斯在伊塔卡将是一本万利的买卖，且讲一段关于奥德修斯的故事便能获得珍贵的礼物，如此诱饵使得不计其数的人前来相认②，所以谨慎地对待每一个自诩为奥德修斯或号称知道他消息的人是一切人的正常表现。

其实，二十年来，丈夫的生死时时困扰佩涅罗佩的心头，包括听说在雅典娜托梦时，佩涅罗佩仍不失时机地寻求奥德修斯的讯息——"如果你真的是神明，告诉我那个人的命运"（4：831—832）。二十年过去，尽管她不敢抱任何幻想，但尽量保持生活中奥德修斯的痕迹，比如"弯弓""待客之道"，以奥德修斯的为人处事的方法处世，思念之情溢于字里行间。

---

① 参见王焕生译《荷马史诗·奥德赛》第23卷："奥德修斯啊，不要生气，你最明白/人间事理。神明派给我们苦难，/他们嫉妒我们俩一起欢乐度过/青春时光，直到白发的老年来临"（23：209—212）；"如果神明们让你享受幸福的晚年，/那就是我们有望结束这种种的苦难"（23：286—287）。

② 参见王焕生译《荷马史诗·奥德赛》第14卷："老人啊，任何人漫游来这里报告消息，/都不能令他的妻子和心爱的儿子相信，/原来游荡人只为能得到主人的款待，/经常编造谎言，不想把真情说明。常有人游荡来到我们这伊塔卡的地方，/谒见我们的王后，胡诌一些谎言。"（14：122—127）

此外，《荷马的世界》一书中多次提到"政治权力"。当时荷马时代的女人还属于男人财产的一部分，从一定意义上来讲，她们甚至离自身的"人权"都很远。而佩涅罗佩拥有的伊塔卡王位来自于她的婚姻，也就是说，是奥德修斯授予她的。所以史诗中对佩涅罗佩的描述丝毫没有超出一个贞洁女性的形象。但是，以现代女性主义视角观之，也许佩涅罗佩在奥德修斯出走的二十年自己成为伊塔卡王，才是实现了真正的女性主义。如果是，在当时也只能算作母系氏族"母权（Mutterrecht）①"的遗风吧。

综上所述，"织寿衣""弓箭比赛"和"婚床记"三部分史诗描述了丈夫缺位的羸弱女子形象，她圣洁、笃爱而柔弱。三个计谋并非所谓的"长袖善舞"，而是真切地体现出一个女人的孤立无援。从语义上来看，"长袖善舞"出自韩非《韩非子·五蠹》："鄙谚曰：'长袖善舞，多钱善贾'，此言多资之易为工也"，比喻做事有所凭借，就容易获得成功。后多用来形容有财势、有手腕的人善于钻营取巧②。不难看出，"长袖善舞"的形象属于主动进攻，而佩涅罗佩一直处于防守地位。这个饱尝艰辛的女人遵循自己的内心，保卫自己和丈夫的家园，保卫自己的内心。坦白地说，佩涅罗佩苦守二十年，甘苦自知。她深知自己的任何决定将直接涉及伊塔卡的王权和儿子的未来，因此，面临一百多个觊觎权位的"求婚者"，她的小心翼翼是在可以理解的范围之内的；另外，佩涅罗佩的迟疑还表现出她对丈夫的真爱与对信念的守候，而这一切，并不能用"长袖善舞"来笼而统之。因此，无论从语义，还是思想内容方面来讲，佩涅罗佩表现出的"犹豫（hesitation）③"恰好是女性的柔弱与安全感缺失的真实写照。

---

① Wright. F. A. *Feminism in Greek Literature*. George Routledge & Sons，Ltd. P9.

② 中国社会科学院语言研究所词典编辑室，《现代汉语词典》（汉英双语 2002 增补本），北京：外语教学与研究出版社，第 217 页。

③ Wright. F. A. *Feminism in Greek Literature*. George Routledge & Sons，Ltd. P10.

（二）反"失败的女性主义"论

《荷马的世界》认为："佩涅罗佩体现了荷马的古代女性主义立场：女性被允许以巧妙的、不与男性权威冲突的方式在家庭甚至公共场域发挥积极作用，但女性不能超越男性设定的道德和权力的界限。此外，女性被允许像男性英雄一样追求荷马式的 kléos，符合男性道德标准的女性甚至被赐予荣誉这样的精神奖赏①"，而对于长于以政治色彩较为浓重的"名誉、地位"等术语相关联的"现代女性主义"来讲，无疑是失败的。

首先，"女性主义"的提法有待商榷。女性主义作为西方近代出现的思想潮流术语，移花接木般地被运用到荷马时期的女性观，与时代背景不相符合。

女性主义（Feminism）又可叫做"女权主义"，是后现代主义思潮的重要流派。随着二战后教育的普及、人权运动的发展以及城镇化进程，女性作为人类社会的另一半呈现出来并逐渐成为思潮。女性主义的全面发展是在 20 世纪 60 年代末②。法国女权主义者克里斯蒂瓦在《女性的时间》明确地界定了女性主义发展的三部曲：政治权利、强调个性、男女共生③。究其实质，女性主义实则更多地关注缺失性而非在场性，旨在表现男权社会中女性的沉默和边缘化状况，因此，女性主义含有更多的政治色彩。换句话说，女性主义的话语体系更多地强调女性在现代社会中拥有的政治和话语权，而并非侧重某种社会体系之下对女性观的探求。因此，女性观与女性主义的差别还是泾渭分明的。

实际上，史诗中展现的是当时希腊社会的女性观。而奥德修斯时代

---

① 陈戎女，《荷马的世界——现代阐释与比较》，北京：中华书局，第 277 页。
② 王岳川，《当代西方最新文论教程》，上海：复旦大学出版社，第 373 页。
③ Richter. H. David. *The Critical Tradition：Classic Texts and Contemporary Trends.* Bedford/St. Martin's. P1345—1346.

的希腊，妇女完全从属于男性。由于体力上天然的差别以及古希腊好战的传统，因此，女性在荷马笔下几乎没有什么权利，完全生活在一种对于自己命运的"不确定性（uncertainty)①"之中，因为婚姻完全将一位女性从"父亲的祭坛"移到"丈夫的祭坛②"。显然，现实因素的存在对于古希腊女性的性格塑造具有不可忽视的作用。"她们总体来说温顺。如果不幸的命运降临，她们便会顺从，以她们温柔的方式征服狂暴的对手，并最终化敌为友③"。尽管如此，根据史诗中的战争规则，男人输掉了战争，女人也将被俘，成为胜利者的情妇，因此，女性在社会中的从属地位还表现在她们的无可选择性。

其次，婚姻作为女性命运的转折点，在荷马的笔下幸福和谐。在婚姻里，有佩涅罗佩的忠贞等待，有奥德修斯执著归家。而"一夫一妻制④（monogamy)"更是深植于古希腊英雄心中的婚姻形式。佩涅罗佩作为史诗中鲜明的"女人"的形象，一定程度上代表了当时古希腊的女性观。而且，美人的标准与现在的苗条、年轻女子形象亦有差别。当时的美德标准是"整个身体的优雅和和谐造就魅力⑤（It was the grace and harmony of every part that constituted beauty)"，因此，"成熟的女人⑥（full - developed woman)"更见风致。从人的成长的视角来看，佩涅罗佩的确具有其他女子或半女神缺失的人性魅力。而对于佩涅罗佩正面形象的树立并非有意施加任何现代所谓的"女德"，因为在当时的语境之

---

① Donaldson James. LLD. *The Position and Influence of Women in Ancient Greece*. Contemporary Review. 32（1878：Apr. /July）. P651.

② 古朗士，《希腊罗马古代社会史》，李宗侗译，台湾：中国文化大学出版部，第35页。

③ Donaldson James. LLD. *The Position and Influence of Women in Ancient Greece*. Contemporary Review. 32（1878：Apr. /July）. P651.

④ Donaldson James. LLD. *The Position and Influence of Women in Ancient Greece*. Contemporary Review. 32（1878：Apr. /July）. P653.

⑤ Donaldson James. LLD. *The Position and Influence of Women in Ancient Greece*. Contemporary Review. 32（1878：Apr. /July）. P656.

⑥ Donaldson James. LLD. *The Position and Influence of Women in Ancient Greece*. Contemporary Review. 32（1878：Apr. /July）. P656

下，古希腊人并没有形成约定俗成的是非观，他们认为"一切都是自然的，甚至超自然，如果可以这样认为的话。如果酒乱了一个人的心性，那么一定是某位神灵的作用（divine power）①"。因此，任何施加于佩涅罗佩之上的德行、智慧等的现代伦理观，无疑或多或少地扭曲了作者的原意。因此，可以说佩涅罗佩一定程度上是荷马时代古希腊女性的典型，她反映出女性在社会中的主要功能和地位，但是用"女性主义"等现代性的语汇和理论框架来锁定人类童年时代的"自然状态"不免有失偏颇。

其次，《荷马的世界》中"失败的女性主义"抑或"古代女性主义"部分对佩涅罗佩的评论语言尚有斟酌之处。首先，《荷马的世界》认为佩涅罗佩富于欺骗性。"织寿衣计、释梦、弯弓比赛、婚床计几个场景的交织，高度整合了一个机智、审慎、品性卓越的女性形象，她能够应不同时刻不同场景的需要，决定是骗人，还是不受人骗。在欺骗不同的观众（多为男性）时佩涅罗佩模仿不同的女性形象，在求婚人面前她曾是'未来的新娘'，在伊塔卡公众眼中她是为公公织布尽孝的好媳妇，好妻子。她几乎像海伦一样表里不一，善于骗人（Winkler1990：141）。这样的女性，已非传统的贤妻节妇形象所能穷尽②"。

在这一段话中，《荷马的世界》首先引用 Winkler 的话语将佩涅罗佩贬斥为一个奸佞小人，"表里不一""善于骗人"。实际上，任何成年人在母家逼婚、儿子怀疑、丈夫生死未卜、贴身侍女出卖、家财被耗的重重压力之下如果不愿就此改嫁、拱手让国的话，都会想法自救。因此，从全诗的语境来看，佩涅罗佩只不过作出了一个人的正常反应，但在 Winkler 的解读中，佩涅罗佩却成为独步古今的、集智慧与勇敢于一身的女神或奸佞狡猾的女巫。而《荷马的世界》也认为"佩涅罗佩运

---

① Donaldson James. LLD. *The Position and Influence of Women in Ancient Greece*. Contemporary Review. 32（1878：Apr. ／July）. P648.

② 陈戎女，《荷马的世界——现代阐释与比较》，北京：中华书局，第 274 页。

用女性的智慧，计算得失，把自己对于生存、财产、愉悦的需要，跟丈夫、社会、神明对她的约束融合①"。不难看出，在这里，佩涅罗佩已然摆脱了丈夫的影响与时代的限制，成为具有独立行事能力的人。实际上，佩涅罗佩在全诗中也只是主角——奥德修斯的陪衬，奥德修斯需要有一个妻子，以家庭形象又一次展示了英雄的力量与尊贵。而佩涅罗佩始终未能走出配角的身份，因此，她的身影在史诗中时隐时现。她独自面对一百多名浪费家财的求婚人，拖延时间便是柔弱的她无声的反抗，而这种反抗来自于她的内心对奥德修斯真挚的爱。显然，全诗中，雅典娜关于奥德修斯的消息对佩涅罗佩始终是封锁的；另一方面，史诗通过阿伽门农事件还表达了另一个主题——女人是不可信的，荒淫无度的。所以尽管神界知晓人间一切，佩涅罗佩始终没有走上正面的舞台，与神界达成一致。所以佩涅罗佩锁定在自己的世界，充满了对于未来的"不确定性"，她所能做的便是竭尽全力地去延缓做决定时刻的到来。除了雅典娜梦中安慰，几乎全诗中没有一个人充当她的幕僚，因此，与奥德修斯相比，佩涅罗佩还是处于隐形线索之中。在没有做任何决定的时候，佩涅罗佩就如同奶妈欧律克勒娅一样，为奥德修斯看管着一切。她看管着不能行使的王权、日益吃空的财产，与儿子相依为命并苦守着丈夫的归来，而一系列计策的实施体现出女性在社会中的防守地位，而"欺骗"的字眼则具进攻意味，从感情色彩上来说，也不符合当时的女性在社会中的实际角色。

其次，《荷马的世界》认为："她能够应不同时刻不同场景的需要，决定是骗人，还是不受人骗②。"显然，在这种解读里，佩涅罗佩是主动进攻型的，她运筹帷幄，决定了在任何场合下自己的处境，宛若左右逢源、八面玲珑的王熙凤。"在欺骗不同的观众（多为男性）时佩涅罗

---

① 陈戎女，《荷马的世界——现代阐释与比较》，北京：中华书局，第274页。
② 陈戎女，《荷马的世界——现代阐释与比较》，北京：中华书局，第274页。

佩模仿不同的女性形象，在求婚人面前她曾是'未来的新娘'，在伊塔卡公众眼中她是为公公织布尽孝的好媳妇，好妻子①。"实际上，佩涅罗佩并非八面玲珑的人物，她只是二十年如一日，抱着哪怕只有一丝的希望守候丈夫归家、以泪洗面的可怜妻子，全诗也并没有任何关于佩涅罗佩心理活动抑或关于权力欲望展现的痕迹，因此，佩涅罗佩是单一视角的家庭妇女形象。至于她的多重身份，一是婚姻使然，比如妻子、媳妇，而"未来的新娘"是求婚人求婚所致，对她来说，这个身份是外人强加给她的，她并没有引狼入室的想法。倘非佩涅罗佩的笃情，恐怕也就不会发展到108人侵占财产。所以佩涅罗佩体现的是没有男人保护的柔弱妇女形象，和奥德修斯其他的财产一样，在主人缺位的时候为人刀俎。因此，佩涅罗佩是男人权力的守护者。

再次，关于佩涅罗佩主动性的申辩。《荷马的世界》提到"史诗后半部从卷18到卷23的另一组场景，佩涅罗佩的形象有所转变，越来越像是一个主动的行动者，一个生命故事情节的编织者。她被雅典娜激发主动下了楼，激起求婚人的爱欲，进而索要聘礼；对陌生的外乡人她几次三番主动邀约与他攀谈，探寻奥德修斯的消息，她向外乡人剖露自己的心事，听取建议②"。这里，她所做的一切还是出自女性的本能。她深深爱着奥德修斯，二十年来魂牵梦绕，面对数目众多的求婚者和二十年的折磨，她的心已然处于强弩之末，所以外乡人客观上成为她的倾诉对象，主观上她认为外乡人很可能知道关于奥德修斯的消息——"我想和他说话询问他，/他是否听说过受尽苦难的奥德修斯，/或亲眼见过，他显然是个天涯浪迹人"（17：509—511），——显然，她不放弃任何寻找奥德修斯的努力。至于受雅典娜的激发下楼，和佩涅罗佩本人并无什么直接关系。在无所不能神明的力量下，一个人甚至能够连续杀死

---

① 陈戎女，《荷马的世界——现代阐释与比较》，北京：中华书局，第274页。
② 陈戎女，《荷马的世界——现代阐释与比较》，北京：中华书局，第275页。

108 人，并且百发百中，这并不能说明佩涅罗佩变得开放和主动。另外，此处运用"神明的力量（divine power）"推动了情节的发展，同时也将史诗中的众多线索汇聚为一。显然，佩涅罗佩是在特勒马科斯、奥德修斯和求婚人之间的唯一纽带。求婚人对于佩涅罗佩的步步紧逼，无路可退之时便是矛盾爆发、高潮到来之时。前面行文的波澜不惊从艺术手法上来说是为高潮的到来蓄势。所以笔者认为佩涅罗佩此处并非《荷马的世界》提到的"佩涅罗佩还像男人一样睿智、坚定、果断和追求名誉①"，无论是在文本之中还是实际生活中，女性没有实际的话语权，更不能构成所谓的"女性主义"。从史诗的结构上来说，她所持有的"度"是用来构成情节和烘托主题的，使奥德修斯的形象更加完整。因此，佩涅罗佩不具有男人世界的主动性，而是无声的、被动的。

最后，关于相认阶段的多疑。从内容来说，这也是出于一个女人的本能。二十年之内，打着奥德修斯的旗号到伊塔卡至少可以获得一次华贵的招待。如前所述，人们出于各种目的，来求婚抑或假装见过奥德修斯甚至冒充的人肯定不少，因为"奥德修斯"的招牌是接近佩涅罗佩的最佳借口，而与佩涅罗佩结婚恰恰是获得伊塔卡王国权杖的关键。所以，佩涅罗佩在受尽欺骗之后变得细心谨慎也在情理之中。就叙述笔法来说，归家经历如洪水滔滔，不可遏制地将情节推向巅峰，而到了激动人心的时刻，歌者却将高潮一再延宕，以引起听众全神贯注地聆听，延长听众团圆时分的喜悦，增强美感享受。同时，佩涅罗佩的形象也更加清晰。在相认之前，她一直都是蒙着面纱与头巾以及一副哀怨的面孔；儿子宣布家庭主权的时候，她顺从地回到房间，为丈夫哭泣；而只有此时，她不再仅仅作为模版出现。尽管特勒马科斯在相认的环节责怪母亲无情，但此时佩涅罗佩镇定坚持，一定要自己检验此人是否奥德修斯本人，表现出女性独有的细心。而且，奶妈描述的一切，佩涅罗佩只相信

---

① 陈戎女，《荷马的世界——现代阐释与比较》，北京：中华书局，第 276 页。

伤疤，也只有这些岁月抹不掉的符号才能追根溯源，了解一个人的真实身份。至于婚床，还暗指夫妻间的秘密，而用这些秘密来盘问才更加体现出佩涅罗佩对丈夫和爱情的忠贞。

综上所述，在女性为男子财产一部分的古希腊时代，即便是文学作品，女性的出现也是作为男权社会的陪衬。而佩涅罗佩的鹤立鸡群并非体现女性主义，无论古代的或现代的。《荷马的世界》通过佩涅罗佩便为荷马设立了古代女性主义立场，显然有不妥之处。除了佩涅罗佩，在荷马笔下还有特洛伊战争女性海伦、杀死丈夫的克吕泰涅斯特拉等一系列女性形象，而佩涅罗佩只是作为英雄形象的陪衬和体现英雄的充要条件而出现在《奥德赛》中。因此，佩涅罗佩的形象代表了当时古希腊社会的女性观。而术语"女性主义"则更多地强调政治、权力与话语权，与历史不相符合。另外，从情节的需要来讲，佩涅罗佩只是出于一个女人的正常反应，而以现代社会女性道德观强加于其上的任何标签都不符合佩涅罗佩的身份，也扭曲了歌者的创作初衷。因此，《奥德赛》是以史诗的方式记录其时其地的英雄壮举，而女性形象是以社会中不可或缺的一部分加以呈现，并烘托主题。

（三）反"追求荣誉"论

在《荷马的世界》一书中解释卷 23 的"相认场面"，这样评论："……佩涅罗佩除了那些分属女性的品质，如克制、忍让、贞洁、谨慎之外，她还像男人一样睿智、坚定、果敢、追求名誉[1]"；"最终，佩涅罗佩仍被诗中的叙述结果所抑制，她并未参与男性的复仇和复兴大计[2]"。

---

[1] 陈戎女，《荷马的世界——现代阐释与比较》，北京：中华书局，第 276 页。
[2] 陈戎女，《荷马的世界——现代阐释与比较》，北京：中华书局，第 277 页。

据考证①，荣誉，kléos 从动词 klúō "听" 而来，原意是指"传闻、消息"，而"声誉"在史诗里指的是英雄的业绩被诗人在诗中传唱，以这样的方式获得不朽的"荣誉"。而追求"荣誉"的理念与古希腊人的英雄主义情结又息息相关。地理环境上的多山临海状况使得古希腊各邦长期处于分裂状态，土地贫瘠，粮食短缺，因此，古希腊人很早就为了寻找、拥有并保卫食物而开展战斗②，这便形成了后来英雄主义情结。而且，就宗教观来讲，古希腊人并没有佛教中的"来世"观念，"获得现世的荣誉③"便成为了古希腊人的重要生活理念。比如，特洛伊战场上涌现出的阿基琉斯、赫克托耳等的英雄形象。对于女性来说，上文提及的"佩涅罗佩追求名誉"虽然与男性追求战场殊荣不同，但心理期望是相近的。需要指出的一点是女性作为战场之外的群体，在当时并未产生相应的社会价值判断，换句话说，她们还没有获得追求"名誉"的资格，因此，将佩涅罗佩所展现出的良好德行认定为她对于"荣誉"的追求不免有牵强附会之嫌。

第二，"最终，佩涅罗佩仍被诗中的叙述结果所抑制，她并未参与男性的复仇和复兴大计"的评论过于政治化。诚然，在奥德修斯和特勒马科斯大战求婚人的时候，佩涅罗佩并不在场。荷马安排这个饱尝风霜的女人在楼上好好睡一觉，表现了诗人对这个心力交瘁母亲的心疼——她终于可以安安稳稳睡一觉了，因为她的丈夫终于归来了。其实，佩涅罗佩的睡觉意象六次出现在史诗中，每一次都是雅典娜合上她的泪眼，体现了佩涅罗佩痛苦的生活状态，用无声的泪眼衬托其女性柔弱的一面，极言其无状之苦。另外，从奥德修斯的角度来讲，妻子的缺位体现

---

① 陈戎女，《荷马的世界——现代阐释与比较》，北京：中华书局，第62页。

② Burton Joan. *Why the Ancient Greeks were Obsessed with Heroes and the Ancient Egyptians were Not.* Classical Bulletin. 69：1. P22.

③ Burton Joan. *Why the Ancient Greeks were Obsessed with Heroes and the Ancient Egyptians were Not.* Classical Bulletin. 69：1. P22.

了对妻子的怜爱。杀戮求婚者之后，奶妈要求去告诉佩涅罗佩。奥德修斯要先收拾好了再请妻子，血腥的场景并不愿意让妻子看到。从另一个角度来说，屠戮求婚者也展现了奥德修斯和特勒马科斯两个男性在神明的眷顾下，通过自己的勇气和力量保卫了财产，更加突出英雄形象。因此，从女性的角度和古希腊时期女人的从属地位来讲，佩涅罗佩没有参与杀戮场面并非话语权力的缺失，而是完成英雄形象刻画的有益补充。

此外，倘若佩涅罗佩真得像男人一样追求名誉，奥德修斯刚走之时，儿子尚未成年，便是佩涅罗佩夺权的最佳时期。如果按照此种政治视角和女性主义的观点分析的话，佩涅罗佩应该像武则天一样做女皇，因为她已经拥有了伊塔卡的权力，而且只要她认定谁，谁就可以成为国君。很显然，此种理解篡改历史、荒谬之极。她深居简出，本分地扮演自己的儿媳、母亲和妻子的角色，佩涅罗佩所体现的一个女人对爱情和对婚姻的执著，也同时守候着奥德修斯的王权和家，作为对奥德修斯苦难的补偿①。

总之，《荷马的世界》中若干评论远超出佩涅罗佩所在的时代以及历史背景，当时的妻子只是男人财产的一部分，是作为丈夫王权和财产守护者的角色出现的，从时代背景来讲，她是安静、被动和防守的。而奥德修斯拒绝种种诱惑，历尽万难，毅然回家，更多出于守卫财产的需要，当然包括佩涅罗佩。其实，佩涅罗佩作为一个孤立无援的弱者，只是本能地想尽办法完成好"守护者"的形象——守护家园、守护儿子、守护自己的财产。所以，整部史诗塑造了佩涅罗佩这一正面形象的女性，体现了荷马时代朴素的女性观。相对而言，现代视野或后现代主义理论框架中的一些理论标签显然超出了史诗的历史背景，缺乏完整的历史意识，略显不适。

---

① Burton Joan. *Why the Ancient Greeks were Obsessed with Heroes and the Ancient Egyptians were Not*. Classical Bulletin. 69：1. P27.

（四）关于"过度解读"和"误读"

显而易见，"误读"是指评论者或读者对于文本的错误解读。笔者在这里提出一个新的术语——"过度解读"。在现代商业发达的社会中，一些术语不可避免地要贴上商业的标签，可谓是"消费主义①（consumerism）"的特质。而对于文本的分析从理查兹新批评派倡导的"文本细读法②（closing reading）"一直到后现代思潮的解构主义（deconstructionism）、后殖民主义（post - colonialism）、女性主义（feminism）、食人主义（cannibalism）等等都可以被视为对于文本的"消费行为"。根据赵炎秋的分类，有的属于"消费性批评③"，有的则属于"生产性批评④"。因此，消费的"产业化"便如火如荼地进入到各种领域，在文学、翻译学、文学批评、文化研究等诸多领域一夜走红，出现了很多新的"后"学科。

诚然，德里达的结构"逻各斯"中心主义⑤在促进文本呈现多元化解读方面具有相当的积极意义。但在纷繁复杂的多元化现代视野下，是否文学分析也要步尼采"上帝死了"的后尘而出现"文本死了"的尴尬局面，的确值得深思。解读之于文本的关系犹如生活与艺术的关系。文本如生活，解读如艺术。生活是客观的，而每种艺术的创作思维与形式是主观的。因此，巴赫金认为"生活与艺术，不仅应该相互承担责

---

① 王岳川，《当代西方最新文论教程》，上海：复旦大学出版社，第 370 页。

② Gentzler Edwin. *Contemporary Translation Theories（Revised Second Edition）*. Shanghai Foreign Language Education Press. P9.

③ 赵炎秋，《西方文论与文学研究》，长沙：湖南师范大学出版社，第 75 页，"消费性批评是把文学作品看作一个具有一定意义的有机整体"，而批评的任务就是"把它发掘出来，告诉读者，只限于文本本身的使用和发掘"。

④ 赵炎秋，《西方文论与文学研究》，长沙：湖南师范大学出版社，第 75 页，"生产性的批评则是对对文本进行分解、组合、加工，生产出新的意义"。

⑤ Gentzler Edwin. *Contemporary Translation Theories（Revised Second Edition）*. Shanghai：Shanghai Foreign Language Education Press. P146.

任，还要相互承担过失。诗人必须明白，生活庸俗而平淡，是他的诗之过失；而生活之人则应知道，艺术徒劳无功，过失在于他对生活课题缺乏严格的要求和认真的态度。个人应该全面承担起责任来：个人的一切因素不仅要纳入到他生活的时间序列里，而且要在过失与责任的统一中相互渗透①"。不难看出，适度的解读与分析使得文本适时焕发生命光彩，在文学领域常青。而脱离了历史背景或事件真相的施加性评述或分析则可称为"过度解读"，用商业术语来说，是对文本的"过度消费"。因此，对文本的分析或评论需要在尊重真实的前提下把握适度原则，合理解读。另外，文学作品常常带有一定的历史背景，因而在分析文章学作品时，除了文学理论、文学思潮层面的剖析，也应该注意还原完整的历史意识，这样才能使文本分析根红苗正，生机勃勃。

二、神的个体性与人的政治性

亚里士多德在《政治学》中提到"人天生是政治性的动物②"。而希腊的神界却是各自为政，本质上来讲，神界与人界已然形成相对的两个实体（entity），因此，从这个意义上来说，《奥德赛》又可以理解成一部人与神的斗争。奥德修斯作为史诗中为人所钟爱的形象，在两部史诗中展现了不同境遇下人的胜利。

（一）《伊利亚特》中的奥德修斯：与人斗争

在《伊利亚特》中，奥德修斯并不是浓墨重彩的核心人物，但他

---

① 巴赫金［俄］，《哲学美学》，石家庄：河北教育出版社，第2页。
② Aristotle. *Politics* (*Translated by C. D. C. Reeve*). Hacket Publishing Company Inc. 2. 1253a (2—3).

在两部史诗中的形象可谓一脉相承。场面宏大的《伊利亚特》描述了人与人的战斗，其间虽不乏神明的参与，且战争本身由神界引发，一定程度上或者可认为特洛伊战争是人神两界冲突的绵延。但交战双方是以特洛亚人和希腊人——"人的世界"为主体，双方的较量更多体现在力量与数量上的抗衡，当然，也是在英勇首领统帅下集体力量的对比。诚然，个人的实力固然重要，比如说阿基琉斯，但战争的结果却不会因一个人而发生翻天覆地的改变，因此，人的群体力量在其中尽显，也更突出了亚里士多德的"人的政治性"。

首先，奥德修斯权衡利弊。"名枪手奥德修斯仍独自站在阵前，/身边没有一个同伴：恐惧掌握了他们。/他长吁一声对自己倔强的心灵这样说：/'天哪，我怎么办？在敌人面前逃跑，/是奇耻大辱，单独被擒更令人惧怕，/克罗诺斯之子吓跑了所有的达那奥斯人。/但我的心啊为什么要忧虑这些事情？/只有可耻的胆小鬼才思虑逃避战斗，/勇敢的战士在任何险境都坚定不移，/无论是进攻敌人还是被敌人攻击'"（伊利亚特11：401—410）。这段文字表现出奥德修斯作为人真实的内心，孤身作战胜算很小，但事已至此，从英雄追逐荣誉的角度，毫无退路。况且在古希腊人的内心世界中，英雄对于荣誉的追求还表现在逃避耻辱[1]。无疑，临阵逃脱将给奥德修斯莫大的耻辱，故此，特洛伊的英雄都英勇善战，永不退缩。但是从性格和心理活动看，奥德修斯也是经过了一番内心的挣扎和权衡而并非意气用事，所以，经过了深思熟虑的勇敢表现出奥德修斯作为人的特质——虽重视荣誉，亦权衡利弊。而这一特质正暗合了亚里士多德的观点——他认为人类具有区分于动物的很大

---

[1]　Burton Joan. *Why the Ancient Greeks were Obsessed with Heroes and the Ancient Egyptians were Not*. Classical Bulletin. 69：1. P25.

特质就是人的表述功能，即"话语①（speech）"。显然，亚里士多德这里的"话语"包括了人类语言的声音、意义以及话语组织背后的人类的思维判断能力。而希腊诸神大多喜怒形于色，借助威力巨大不加判断，只要人类臣服，便可作罢。因此，前面提到的诗中宙斯一系列的矛盾举动便不难理解。时而打翻奥德修斯的船，时而又赞同奥德修斯回家。

其次，奥德修斯顾全大局。众所周知，不论哪个民族，"士气"在战争中都起着决定性的作用。《曹刿论战》②中"一鼓作气，再而衰，三而竭"，足以说明士气的重要性。在这一点上，奥德修斯比阿基琉斯要明智得多。在得知阿基琉斯的好友已殒命战场，阿基琉斯暴怒，要求马上组织反攻，报仇雪恨。这时奥德修斯劝阻下来，要士兵用过食物以后再战，确保能量的补给。而阿基琉斯报仇心切，要求全体阿开奥斯人趁着愤怒一战到底。不仅如此，奥德修斯还要求联军首领阿伽门将战争奖品置于中心地带，然后发重誓告诉阿基琉斯礼物的清白，因为奥德修斯明白"激烈的战斗会很快使人感到疲乏，/青铜武器如镰刀使大部分麦秆倒地，/收获却并不很多……/总不能让阿开奥斯人饿肚哀悼死者，/每天有那么多人一个接一个地倒下/有哪个人或者什么时候了却悲伤？/我们的责任是埋葬已经丧命的同伴，/保持坚强的心灵，对死者志哀一天。/凡是从无情的战斗力活下来的人，/都应该认真安排饮食，这样才能/以充沛的精力永不疲倦地同敌人厮杀/时时用坚硬的青铜武器保自己的安全。/……把一场恶战送给驯马的特洛亚人"（伊利亚特11：218—237）。从这段话可以了解到奥德修斯并非不想报仇，对于同伴的被杀也并非不哀伤，和阿基琉斯相比，奥德修斯与死者关系尽管并不是

---

① Aristotle. *Politics*（*Translated by C. D. C. Reeve*）. Hacket Publishing Company Inc. 2. 1253a（14—15）"but speech is for making clear what is beneficial or harmful, and hence also what is just or unjust."

② 《左传·庄公十年》。

那么亲密，但奥德修斯更懂得群体作战的特点以及要领。基于丰富的经验，奥德修斯关键时刻从大局出发，劝解狂躁的阿基琉斯，并建议阿伽门农做出王应有的姿态，鼓舞士气，待万事俱备，一击而中。这里都表现出奥德修斯极强的全局观念以及丰富的战斗谋略，而这些融合集体力量产生极大威力的"合作策略"在亚里士多德认为是崇尚个体主义的古希腊神界或兽界所不曾拥有的①。

最后，奥德修斯勇谋相宜。史诗中并不乏奥德修斯力量与技能的展现，比如被特洛伊人围困时，"奥德修斯奋力反击，首先用尖锐的投枪/向下击中杰出的得奥皮特斯的肩头，/接着把巴托昂和恩诺摩斯杀死。/克尔西达马斯这是刚从战车跳下来，/他又一枪击中他凸肚盾牌下的腹部，/使他立即栽进尘埃里……/他抛下他们，又用枪击中希帕索斯之子/卡罗普斯……"（10：419—426）。此时的奥德修斯只能凭借力量和能力战胜敌人，以保自身，可以说，在个体较量中，自身的力量和技能很大程度上决定了存活的几率。

尽管全诗中就个人力量与技能方面而言，奥德修斯并非最强，但最终存活，除了自身的实力因素之外，神明的襄助以及奥德修斯的谋略亦大有裨益。因此，综合地考量，奥德修斯堪称"特洛伊英雄"名号。奥德修斯的智谋表现在为数不多的每一次出场。阿伽门农要派遣使者悄悄潜入敌营，狄奥墨得斯首荐奥德修斯"神样的奥德修斯，他心里热情充沛，/他的精神在各种艰难中都勇敢坚定，/他是帕拉斯·雅典娜非常宠爱的人。/要是有他同我去，我们甚至能从烈焰中/安全返回来……"（伊利亚特10：241—246），此处通过别人的评价呈现奥德修斯的形象，表现奥德修斯能力智谋超群深得盟友信任，在最关键的时候受到重用。而且奥德修斯不辱使命，成功从俘虏多隆处打听到特洛亚军队和盟军的

---

① Aristotle. *Politics*（*Translated by C. D. C. Reeve*）. Hacket Publishing Company Inc. 1998. 2. 1253a（129—30）.

驻扎安排，并睿智地从色雷斯人首领处下手，偷袭成功。另外，化妆乞丐乔装进城亦不失为奥德修斯谋略能力的重要体现。在战争中，英勇善战固然重要，攻谋得当，更能体现人类智慧的"杠杆"传奇。

因此，在《伊利亚特》中与人战斗的奥德修斯，除了个人的力量和技能，以全局观念和权衡利弊的谋略不仅保全了自身，还最终为希腊人获得战争的全胜立下汗马功劳。显然，阿基琉斯的死和奥德修斯的生可以看出在人与人的较量中，技能超群固然所向披靡，但战争中更重要的是集体的力量，也即亚里士多德提到的"团体（community）"的概念。因此，在这一点上，奥德修斯胜过了刀枪不入的阿基琉斯，体现了人的胜利。

（二）《奥德赛》中的奥德修斯：与神斗争

在《奥德赛》中，奥德修斯参与的更多场合是与神的搏斗。特洛伊战争胜利的喜悦使得奥德修斯狂傲不敬神，引起宙斯、波塞冬等众神愤怒，因此引发了后来又十年的漂泊历程。在与神的决斗中，尽管神的出发点只是制造苦难，使其敬畏，但同样需要奥德修斯凭借自身实力得以存活。比如宙斯的霹雷"宙斯用轰鸣的闪光霹雷向他的快船/猛烈攻击，把船击碎在酒色的大海里"（5：131—132）；波塞冬的狂风，"聚合浓云，手握三股叉，/搅动大海，掀起各种方向的劲风的/暴烈气流，用浓重的云气沉沉笼罩/陆地连同大海，黑夜从天空跃起。东风、南风一起刮来，反向的西风，/和产生于天空的北风掀起层层巨澜"（5：291—296）。奥德修斯需要熟练的航海技能，超强的身体消耗能力，在海上颠簸九天九夜甚至更久才能得以着陆得到净水和食物，甚至有时都不能保证（如神牛岛），亦或赤膊游泳两天两夜（到埃塞克斯人的国土）。因此，在与神的搏斗中，奥德修斯面临更多的挑战来自无所不在的自然和众神布下的重要关卡。

首先，和特洛亚战争相比，奥德修斯一行人数不多，但同样需要良好的组织能力。比如在库克洛普斯的山洞里，面临对比悬殊的巨人怪兽，一餐食两个人；奥德修斯不但没有被吓倒，而且想办法组织自救。看到橄榄树干，他趁巨人放羊时组织同伴们"要他们把他削光。/同伴们削完，我又把它的一头削尖，/……这是我又命令同伴们一起抓阄，/抓得者一待巨人进入甜蜜的梦境，/需同我把树干刺进巨人的眼睑"（9：327—333）。由此可见，很多关卡是专门为奥德修斯所设，但假若奥德修斯只身一人的话，也必逃不过此劫。事实上，集体的合作和必要的牺牲又成为取胜关键。但凡一个人出现疏漏，可能全盘皆输。又如在艾奥利埃岛上，群风的主管艾奥洛斯帮助奥德修斯归家，给了他一只皮制口袋，连续航行九天，已看到伊塔卡的土地，但有的同伴出于好奇，趁奥德修斯睡觉之际，解开皮袋，"狂风一起往外涌。/风暴骤起，立即把他们卷到海上"（10：47—48）。不言而喻，集体的合作将风险分担在每个人的肩上，巨大挑战的潜台词在于：每次遭遇险境，大家同心协力，不一定能渡过难关；但一旦力量分散，劫难却是势所必然。因此，奥德修斯的领导力和组织力在这里得到了展现。

其次，就个人能力的考查而言，在与神的搏斗中，奥德修斯展示的刀枪兵刃技能的机会不多，而海上生存能力占据份额较大。由于不敬神导致了神明的愤怒，又因库克罗普斯导致"海神波塞冬的咆哮"，因此，海上的遇险是奥德修斯最大的考验。"集云神宙斯唤起强烈的北风，/带来狂风暴雨，顷刻间浓密的云翳/笼罩大地和海面，黑夜从天降临。/船只被风暴刮走，一头扎进波涛，/狂风的威力把船舶三片四片地撕碎"（9：67—71）；若不是有着丰富的航海经验，及时降帆，以避风头，一场风暴足以倾覆全船，一行人葬身汪洋大海。还有"奥德修斯已经在汹涌的波涛里漂浮了/两夜两天，许多次预感到死亡的降临"（5：388—389）；"一个巨浪又把他抛向嶙峋的巉岩。/……巨浪把他抛起时他探手攀住悬崖，/呻吟着牢牢抓住，待滚滚巨浪扑过"（5：425—429），无疑，这还只是无数考验中的一个。对奥德修斯来讲，每一个瞬间都在生与死之间挣扎，力气不够或是勇气不够都将导致他葬身于"波塞冬的愤怒"。

此外，奥德修斯还需要具备很好的造船和木工技术。尽管赫尔墨斯将宙斯的意旨告诉卡吕普索，但远居孤岛的卡吕普索能提供的器具只有"交给他一把大斧"（5：234），"向他指明/生长高大树干的地方"（5：241—242），砍树、造船，"木工手艺非常精湛/奥德修斯也这样制造宽体筏船"（5：250—251）。当然，还有他自己精心设计的婚床，"由我制造，非他人手工。/……围着那颗橄榄树，我筑墙盖起卧室，/用磨光的石块围砌，精巧地盖上屋顶，/安好两扇坚固的房门，合缝严密。/……由此制作卧床，做成床榻一张，/精巧地镶上黄金、白银和珍贵的象牙"（23：189—200）。作为伊塔卡之王，奴隶主阶层，奥德修斯航海、木工样样精通，也就是说，奥德修斯的智慧和谋略为他赢得了巨额财富和伊塔卡王的位置，但在与神的斗争中，尽管有雅典娜等的庇佑，奥德修斯自身强大的生存能力亦不可或缺。

除了技能与合作的硬性要求，奥德修斯及其团队还常常面临心智的挑战。这种挑战反映了人对于欲望和诱惑等的软性考验。诗中描写遭遇大风暴后他们在海上漂行几天几夜，寻找小岛补给。而往往补给时又会发生连环计，要么独眼巨兽，要么山中女妖，从心惊胆战的库克洛普斯的洞穴逃出到伙伴变成猪，抑或心性的磨折，不用一刀一枪，吃食了岛上的莲花便忘归家，食了神牛也会送命，甚至还有对于奥德修斯自身心智的挑战，即床上诱惑，一个是痴情的卡吕普索，一个是妖魔化的基尔克，种种遭遇软硬兼施，张弛无度，对奥德修斯及其团队提出"刚柔并济式"的挑战。但最终奥德修斯胜利归家，这不仅标志着人神之战中人的最终胜利，更重要的是史诗显示出人对神界诱惑的抵抗和心智上的胜利。

《奥德赛》将古希腊人对于生活和自然的探索置于非战争背景下，因而，"英雄""荣誉"等的判断标准也发生了变化。比如第十九卷中，佩涅罗佩列出人们尊崇的人格标准："如果一个人秉性严厉，为人严酷，/他在世时人们便会盼望他遭不幸，/他死去后人们都会鄙夷地嘲笑他。/如果一个人秉性纯正，为人正直，/宾客们会在所有的世人中广泛传播/他的美名，人们会称颂他品性高洁"（19：328—334）。佩涅罗佩所赞颂的人很重要的一点便是拥有良好人缘，因此，此处也暗含了对人的合作精神和威信即领导能力的强调。但在与之对应的神界，却强调"个体的荣耀（individual glory）作为一切行动的动机①"。

（三）政治性动物的胜利

亚里士多德提到"统治与被统治者不仅需要，而且双赢。一些人适合于做首领，而其他的便被领导②"。亚里士多德是就城邦的统治而言的。但是人类不同于神界。人类对自然的认识能力有限，产生了神界的想象和原始崇拜。就生存能力来讲，人类就像特洛伊战争中的奥德修斯一样，并非像阿基琉斯一样刀枪不入，有限的自我生存能力决定了繁衍和集体生活在人类生活中的重要地位。无论是战场上与人斗争的奥德修斯，还是海上与神较量的奥德修斯，都展现出人类对于自然种种探索的努力。团队中的合作意识尽管在崇尚个人主义多神论的古希腊文明中出现得较为迟缓，但史诗中仍有蛛丝马迹可循。

奥德修斯的胜利归家并不意味着挑战的结束。结束了特洛伊战争，又结束了十年漂泊，奥德修斯终回伊塔卡。但奥德修斯还面临与故土家园的重新适应③（readjustment）过程，而这一过程是那些战死在特洛伊已经功成名就的英雄们不用去忧虑的。二十年的缺位使自己在城邦中失

---

① Burton Joan. *Why the Ancient Greeks were Obsessed with Heroes and the Ancient Egyptians were Not.* Classical Bulletin. 69：1. P26.

② Aristotle. *Politics（Translated by C. D. C. Reeve）.* Hacket Publishing Company Inc. 5 (1254a：20—22).

③ Burton Joan. *Why the Ancient Greeks were Obsessed with Heroes and the Ancient Egyptians were Not.* Classical Bulletin. 69：1. P26.

去了原有的位置，重新加入并非坦途，摆在奥德修斯面前的又是一场场斗智斗勇。艰难的历程完善了古希腊人所崇尚的英雄的优秀品质：勇敢、力量、坚毅和神的宠爱，而最终奥德修斯的胜利暗含了人的综合实力的胜利。就个人力量而言，奥德修斯需要具备战场上的拼杀技能、战场下的谋划和领导组织能力，海上漂泊的技能和集体的组织谋划、归乡的计谋和血杀百号人的能力。其次，成就一个英雄形象，还有一群人和神明的保佑和庇护。他的同伴因为吃了神牛最后全部殒命大海，只有奥德修斯自己终于回到陆地。但这一过程中也有许多同伴并非做错事情，却为了奥德修斯存活做了替死鬼。换句话说，他们是奥德修斯的保护层。在奥德修斯需要帮助的时候，他的同伴就会出现，就被巨兽所食或抓走吞灭，因此，一定意义上来说，同伴的出现恰恰是奥德修斯需要通力合作的时候，也正是同伴的前仆后继，奥德修斯作为团队的带头人，取得了最后的胜利。因此，奥德修斯的胜利不只是他自己的胜利，更代表了人类作为一个团队的成功。最后，神的团队也在保护着奥德修斯。不仅是雅典娜的时时庇佑，甚至宙斯、女神伊诺、河神等都多多少少帮助过奥德修斯，而且对奥德修斯耿耿于怀的似乎只有波塞冬，其他的众神明，包括宙斯、雅典娜虽然对奥德修斯一时的不敬气愤，但并不会持续十年之久，正是波塞冬一神的愤怒，使得奥德修斯苦难的历程加长。因此，从这个角度来说，奥德修斯不仅是人间杰出的领袖，在神的集体里，奥德修斯饱受青睐，福泽深厚，终得返家。

总之，通过史诗不难看出，神界的较量是力量的胜利，如某一方面技能或实力超群；而人界是依靠集体的智慧以及天时、地利、人和甚至神和获得的团队性的胜利。奥德修斯作为人类团队的代表，实现了集体利益的"善① （Good）"。因此，史诗体现了古希腊人对于生命的思索，

---

① Aristotle. *Politics* (*Translated by C. D. C. Reeve*). Hacket Publishing Company Inc. 1. 1252a (2). "……every community is established for the sake of some GOOD."

同时也体现了史诗中心思想：人期望得到神明的庇佑，但并不依赖神明。在史诗中，神明是不死的，实力超群的，但并不是万能的。人固有局限性。与大自然相比，人很脆弱，但人具有坚强的意志力和合作能力，在集体力量之下，人是可以存活于天地之间并取得胜利的，因为人的意志和合作可以产生无穷大的智慧，对手哪怕是不可战胜的神明。同时，史诗通过塑造英勇的奥德修斯的形象，激励了人类坚强的意志、忍耐的精神与对理想的专注等这些成功的必需品格，甚至从这个意义上，可以说《奥德赛》是一部人类与自然斗争的励志诗篇。

三、口述史诗、理解成本与审美

《奥德赛》中程式化的语言是其一大语言特点。在帕里（Parry）和洛德（Lord）的研究中，他们认为"荷马史诗是高度程式化的（formulaic），而这种程式来自悠久的口述传统，正是口述传统的过程产生了荷马史诗[①]"。显然，口头史诗有着自己独特的语言风格，与现代的书面语言大相径庭。它的传承方式是通过"史诗歌手运用掌握的表达程式做个人化的复述[②]"。不难发现，程式化的叙述方式在史诗的吟唱过程中保证了最大信息量的传达，那么，流传至今的《奥德赛》所反映的便不仅仅是英雄奥德修斯十年漂泊归家的主题，同样，荷马时代及其之前的吟诵诗人的口述传统也在《奥德赛》中得以保存。

所谓程式是指"一系列有规律的词语，他们被应用于相同韵律要求之下，表达基本固定的意思[③]"。而在《故事的歌手》中，"程式，指的是有规则地按照同样节奏表达给定语义的词组；程式化的表达是指以程

---

① 陈戎女，《荷马的世界——现代阐释与比较》，北京：中华书局，第4页。
② 刘影等，《英文歌曲与文化研究》，西安：西安交通大学出版社，第9页。
③ 刘影等，《英文歌曲与文化研究》，西安：西安交通大学出版社，第9页。

式的样式构成的一句或半句诗行；主题是指吟唱的诗行中反复出现的事件或描述性段落①"。由此，每一位歌手所传承的便是传统的巨大宝库中对于各种情境描述的套话。而每个歌者从学徒到歌者的成长历程便是从学习、模仿到创作的过程。因此，"故事歌手并非有意识的传统观念的攻击者，而是传统的创造性艺术家。而他的传统风格也包括了独特精神②"。既然荷马被冠以《伊利亚特》和《奥德赛》的作者，我们不妨将颇有争议的"荷马问题"暂且搁置，姑且认为史诗作者荷马就是当时一位有名的歌者。结合中国古代传统的口头艺术形式，比如京韵大鼓或辅以乐器伴奏的山歌等口述文学样式，不难看出，口头艺术的表演特点是传承与个人化即兴创作并举。一般来说，学习者要跟随老师掌握传统的说辞，熟练之后，才能加入自己的创作。因此，从文化传承角度来看，口口相传比书面文字载体不但时间上要早，而且内容更加丰富，形式也更加灵活。

其次，除了秉承传统，程式化的史诗语言对提升听众的审美体验亦功不可没。在《奥德赛》中，从人物的称呼"集云神宙斯""弑阿尔戈斯神赫尔墨斯"到人物性格的塑造"神样的奥德修斯""杰出的奥德修斯"再到客观事物的描写"酒色的大海""初生的有玫瑰色手指的黎明"，所有的描写读起来似觉重复冗沓，但史诗的吟唱环境往往是宴会，贵族们酒足饭饱后消遣之用，加上听觉捕捉信息的转瞬即逝，一次次的重复加深了听众对于信息的接受和理解。从演出效果上来讲，史诗作为即兴的大众娱乐项目，便于理解，受众面广，审美效果提升。实际上，

---

① Lord B. Albert. *The Singer of Tales*. Harvard University Press. P4，"……by formula I mean a group of words which is regularly employed under the same metrical conditions to express a given essential idea. By formulaic expression, I denote a line of half line constructed on the pattern of the formulas. By theme, I refer to the repeated incidents and descriptive passages in the songs.'

② Lord B. Albert. *The Singer of Tales*. Harvard University Press. P5，"……He is not a conscious iconoclast, but a traditional creative artist. His traditional style also has individuality.'

在音乐美学中，一定程度的熟悉度会增加审美快感，叫做"回归体验①"——即心理经验再现而产生的体验。同理，奏鸣曲式的呈示部、发展部、再现部，实际上也是这种 A—B—A 式的平衡结构，听者在呈示部的音乐中获得一种基本的心理体验，在再现部又回到最初的心理体验，因此在听者的心理上，对材料具备一定的熟悉度助于提升审美快感。从这个层面上，口述史诗在表演方式和接受效用上与音乐美学可谓琴瑟和鸣。

另外，帕里和洛德的"程式理论"还引发了学者对于口头传统本质的探寻。从 60 年代至今，"争论的焦点在于书写语言是如何创造文明的，书写语言和口头语言孰优孰劣，书写传统当中是否还会存在有效的口头性语言等等②"。但是实际上口头与书面两种传播方式在人类文明的历程中分属不同的阶段，可谓相得益彰。直到今天，口述史诗或口述文学以其独有的现场性、歌者即兴的创造性依然有其独特的魅力。其实，对于文化传承来讲，当口头语言和书面文字脱离开之后，二者便向着两条道路渐行渐远。书面语言作为文化的视觉媒介，随着人类和外部世界互动的增多，其受众性递减。也就是说，书面语言发展得越来越复杂，手法也愈益高端化、多样化，实际上，从口头白话发展到具有高度艺术性的诗歌形式在文字的进化史中是较为漫长的一段。在这一过程中，语言文字经过了提纯、抽象、模拟等后期制作的过程，出现了各种文体以及多样修辞手法，这些技巧或表达技能为语言的理解设定了重重关卡，没有足够语言修识的读者会很难接受，所以就会涉及理解成本的问题。

"理解成本"是辜正坤教授就典籍英译的翻译对策问题提出的概念，是指"人们理解文本内含摄的各种信息时所付出的时间和精力③"。

---

① 王次炤，《音乐美学》，北京：高等教育出版社，第56页。

② 刘影等，《英文歌曲与文化研究》，西安：西安交通大学出版社，第10页。

③ 范先明，《辜正坤翻译思想研读》，北京：中国对外翻译出版公司，第208页。

同样，在审美活动中，理解成本的高低直接影响到审美效果。就史诗吟诵活动来讲，无纸笔的文字形成的表演传统，其最鲜明的特征便是朗朗上口、通俗易懂。所以，从理解成本角度来说，史诗的语言难度不会太高，且受众面广。而且从歌者的视角来看，口述文本便于诗人记忆，从而为诗人的创作提供了足够的空间。因此，史诗中长句子、程式化的段落层出不穷，人物之间较少简短对话，每个人物说话少则五行，多则成百行，由此形成的插叙结构和故事框架构成了史诗鲜明的结构特征。在这种情况下，听众跟随歌者，很容易进入一幅幅场景。因此，程式化表达的直接益处便是降低了文化传播的成本。而认知关卡的设置，相反会直接导致受众面的减少，即理解成本的增加。相对来讲，口头化的语言仍然保持了原初的清新风格，使表演和唱词脍炙人口。因此，从语言风格来看，口述史诗中更多采用了口语化的语言，故而，《荷马史诗》与《诗经》中的"风"殊途同归。

再次，就《奥德赛》本身来说，语言的程式化还体现了对史诗吟诵的现场性效果关照。史诗艺术通过表演者的音色、音调、表情，再配以音乐旋律体现剧情的起承转合，从而现场性地引发受众的共鸣，引起审美快感。《奥德赛》洋洋洒洒一万两千多行，听众一气呵成并不现实，因此，出于实际操作的考量，一些朗朗上口的段落，比如"佩涅罗佩不胜惊异，返回房间，/把儿子深为明智的话语听进心里。/她同女仆们一起回到自己的寝间，/禁不住为亲爱的丈夫奥德修斯哭泣，/直到目光炯炯的雅典娜把甜梦将眼帘"（1：360—364）被打上了标识性的烙印。每当儿子宣称家庭主权的时候，这段程式化的文字反复出现，佩涅罗佩总是一样的表现，歌者动辄便要重复这一段。在数以万行计的鸿篇巨制中，五行文字程式化段落的反复出现，并不令人厌烦，反而有助于提升审美效果。这样的设置，一方面展现出史诗的口述传统；另一方面，同一段落的反复出现也是出于观众反应和史诗吟诵现场的场景性考量。听众耳熟能详的一段话，在特定的情境之下，或全场同唱，吟诵史诗的现场气氛自然活跃起来，在这样的情境之下，听众在不知不觉中参与了史诗表演，因此，史诗的吟诵便不再是歌者的曲高和寡，而是雅俗共赏了。

此外，当最后特勒马科斯看到母亲没有立刻与奥德修斯相认识，又一次责怪母亲："没有哪一个女人会像你这样无情意，/远离自己的丈夫，他历经无数艰辛，/二十年岁月流逝，方得归返回故里，/可你的心肠一向如顽石，比顽石还坚硬"（23：100—103）。这次的佩涅罗佩没有进行这一段程式化的表演，而是争辩："如果他/确实是奥德修斯，现在终于回家门，/我们会有更可靠的办法彼此相认：/有一个标记只我俩他人不知情"（23：107—110）。这一段的出场首先达到令人惊奇的效果，因为它打破了固有的佩涅罗佩和特勒马科斯对话的范式：佩涅罗佩并非唯儿子命是从，使得听众对佩涅罗佩有全新的认识。这样，一方面促进了情节的发展，即将全剧推向高潮部分——"婚床相认"；另一方面，程式化的打破彰显了歌者艺术审美情趣和创作痕迹。因此不难看出，先前的程式化设计并非呆板地循规蹈矩，而是歌者根据情境需要，通过反复手法来加深受众印象，渲染整体的艺术效果。到最后和丈夫的相认，这可以说是佩涅罗佩一生中最重要的事情，佩涅罗佩的据理力争如雷霆出世，打破了她一贯的沉闷，人物的真情实感喷薄而出。同时，通过佩涅罗佩的变化也暗示听众佩涅罗佩对家庭权力并不感兴趣，而奥德修斯的归来才是她一生中最重要的事件，她的重视也吸引了观众的视线，同时，她的怀疑与延宕也是对高潮到来的铺垫，观众的情绪在这种"山雨欲来不见风"的静谧中沉淀、积累，逐渐被一点点撩起，并最终水到渠成地进入"相认"环节。这样的设计不但丰富了情节，更好地渲染了全诗的主题，而且从表现方式上讲，佩涅罗佩最后的表现打破了定式，就像诗歌格律一样，抑扬格的诗行突现抑抑格，不但不会破坏诗行的规范整齐，而且还带来一种"变格之美"，从而由形式到内容实现了与主题的交相辉映，增强了表演的感染力。

最后，从史诗吟唱的效用与审美来讲，场景性是史诗的一大特点，因此，在史诗的行文风格上必然有区别于其他艺术形式的地方。首先，宴会嘉宾繁多，且人员水平参差不齐，因此，雅俗共赏成为引起观众共鸣的充要条件。在《奥德赛》中，作者甚至运用"大比喻"的手段来传情达意。比如在费埃克斯人的土地上，盲人歌者得摩多科斯吟唱"木马计"的时候，奥德修斯感同身受，潸然泪下的样子被比喻为"又如妇人悲恸着扑向自己的丈夫，／他在自己的城池和人民面前倒下，／保卫城市和孩子们免遭残忍的苦难；／妇人看见他正在死去做最后的挣扎，／不由得抱住他放声哭诉；在她身后，／敌人用长枪拍打他的后背和箭头，／要把他带去受奴役，忍受劳苦和忧愁，／强烈的悲痛顿然使她面颊变憔悴；／奥德修斯也这样睫毛下流出忧伤的泪水"（8：523—531）。在这里，以另一更寻常可见的感情类比此时奥德修斯心中的感慨，使受众的情绪通过寻常事件激发出来并适时"移情"，从而使听众能够通过真切体会加深对史诗的理解与享受。显然，尽管歌者需要经过专业学习，继承口述传统，但是每一次表演又都是即兴的，在不同的场合、心境之下，歌者的情绪亦有变。因此，纵然可能陈调重弹，歌者的每一次表演都蕴含着创新的契机，所以史诗的艺术性又表现为即兴点播，出口成章。此外，演出的对象大多为权贵阶层，歌者的演出又必须尊崇史诗传统的规范性，歌者尽管有机会接触到王权阶层，但毕竟不属于王室成员，演出的优劣直接关切到歌者的生存和发展，因此，稳中求新不失为歌者的求生秘诀。所以，歌者的演出中继承传统的范式又具有了必然性的因素，在没有成长为成熟歌者之前，创新的风险很大，只有成熟的歌者在继承传统的基础上的标新立异才可能得到认可，因此，史诗中程式化的反复也代表着歌者这一群体职业发展的要求。

总之，程式化的语言很好地代表了《奥德赛》甚至《荷马史诗》的语言风格以及结构特点。但是，语言在书面文字发达的今天，已然从无字文明阶段的交流符号功能中分离开来，并且具有不同的理解成本。

因此，在评价古希腊史诗《奥德赛》的时候，要将它放置于特定的历史背景、实用场景之中，结合古代音乐、表演理论，才能客观地还原史诗本身的艺术性和效用性。而不能笼统地以书面文字的审美标准来衡量口述文字。就审美快感来说，口述文字的美在于其应和场合、雅俗共赏，即效用性。不可否认的一点是最后将《荷马史诗》保存下来的恰恰还是书面文字形式。不可想象的是，在没有摄像录影技术的古希腊时代，史诗特有的结构最后成为最大程度再现表演场景的玄关。所以，笔者粗粗地将文字的用途分成两种：一种是文化载体，姑且叫做文字文化论；另一种则是文字作为一种工具，记录和保存信息之用，叫做实用文字论。文字文化论是建构在文字的不同组合之上的文化考量，很好地体现了文字自身的发展脉络以及文化的逐步演进，如诗歌曲赋、小说戏剧等。实用文字论旨在保存记录文化形式的文字，文字自身的魅力不在讨论范畴，而求平实，专门记录一定阶段内的文化类别与样式。此外，对于中国文字来说，还应当加上书法的维度，即文字艺术论。书法艺术及书法理论成为中国哲学和中国文艺理论的重要来源，同时，书法也是中国文化的指纹。由于不同的关照，文字的作用不同，因此，理解成本相应不同，记录文字的策略也不同。当然，现代科技的发展给予人类繁多的信息保存手段，视频、声音都可以通过磁盘保存，真实再现当时的场景，但文字作为主流的信息载体的功能还是不能抹灭的。

四、结语

综上所述，《奥德赛》以特洛亚战争英雄奥德修斯归家的故事为主线，通过倒叙、插叙的艺术表现手法，记录和展示了公元前 8 世纪左右的希腊社会生活状况以及人文思考，是后人考究和理解古希腊社会的一面镜子。其中，歌者通过人物之口以及自己的声音（尽管痕迹并不明显），传达了古希腊人对于生命、自然以及人本身的思考和探寻。其中所折射出的克制、忍耐、忠贞、坚持都反映了在古希腊当时恶劣的自然条件下，人类为了果腹所作的种种努力，以及在有限的生产条件下发展起来的朴素自然观和价值论。因此，现代的分析和解读要在尊重文本真实的基础上展开，避免对于人物和文献的"过度消费"。其次，通过人的世界、神的世界以及人神之争的刻画，史诗不但延续了《伊利亚特》的传奇色彩，在此基础上更加浓墨重彩地凸显人的坚韧和集体力量的重要性，可以说，这是对《伊利亚特》崇尚英雄主题精神的提高和发展。史诗中亦不乏丰富多彩的场面描述以及性格鲜明的人物塑造，反映了古希腊时代的社会风俗以及生活习惯。通过群像的描绘，人界神界赫然差别不言自彰。而奥德修斯作为人的代表最终胜利归家体现了作为"政治性动物"的人类的优越性，同时，史诗通过奥德修斯"三位一体"的际遇，见证了人界、神界、冥界的种种，并烘托出人世最好的主题。而情节随着奥德修斯"流浪"展开的笔法为后世很多文学家模仿和沿用。最后，口述史诗的特点以及传承决定了程式化的结构和语言风格。同时，口述史诗的形式也引发了笔者对文字作用的思考，一方面作为文化载体的书面文学语言，随着时间的发展，理解成本愈来愈高，受众面越来越小；另一方面，作为实用性质的只具有记录作用的书面符号文字，旨在传承思想，所以要以求真为最高原则。因此，基于口述史诗的传统性、场合性和即兴性，口述史诗的理解成本不能太高，而且还要注重观众的反应和演出效果。

第五章

外国史诗研究状况①

　　作为古代世界的主流文学样式之一，史诗肩负了记史、教化、娱乐、喻世等多重社会功能，同时也是各个种族、民族特有的文化符码，史诗画卷尽载人类"童年时代"的生活图景。史诗研究在新的历史时期也具有更广泛意义上的文化价值，古老文明初期的文化态势发展到世界文化趋于融合的 21 世纪的今天，民族文明，尤其是外国史诗研究经过几千年的积累、沉淀与更新，历史尘封的原始记录不但没有被时代的发展所丢弃，且随着现代阐释的不断深入和系统历久弥新，熠熠增辉。

一、世界史诗状况总览

　　史诗，就汉语的字面意思来说，顾名思义，是指"记述历史的诗歌"，这一定义与庞德的理解不谋而合②。《文学史诗百科全书》中"史诗"的解释如下："一首长的叙事诗，语言、情节、人物以及风格大多高贵且具英雄主义视角，而英雄往往代表国家或民族理想。叙事通常着

---

　　① 此文最初发表于《贵州师范大学学报》（哲学社会科学版），2014 年 2 月，选录此文有变动。

　　② Pound Ezra. *ABC of Reading.* London：Faber and Faber. 1961. P46.

眼于人类历史的阶段特点，主题大多关于人类的普遍困境。传统史诗通常有几个共通之处：开场白导入主题并呼唤诗神赋予灵感，突然插入叙事进程，加之一系列的武士、长篇描述和戏剧性对话，以及比喻修辞手法的运用①"。显然，这个定义已经很清晰地概括了史诗作为文学样式的特征，内容与主题，手法及结构。还有一种定义的方式就是作比较，通过史诗与其他的文体的比较，凸显史诗的特点。比如亚里士多德在《论文艺》（*Poetics*）一文中认为："史诗的样式与悲剧一样，皆用高贵的格律对贵族主题的事件进行模仿。但与悲剧不同的是，它使用单一格律，其呈现方式是叙事。而且，长度不同。……史诗与悲剧不同，没有时间的限制②"；"就长度和情节而言，史诗与悲剧也有差别。……由于史诗的叙事特点，同时描述几条动作线索成为可能，从而增加了诗体的规模③"。尽管亚里士多德并没有明确给出史诗的定义，通过对比，从内容、长度、行文方式、格律等方面厘清史诗与悲剧的概念，使史诗的图像更加清晰。

　　Epic，词源上来讲，源于古希腊语，epos，意为"词语"，广义来讲，"用话讲故事④"。一般采用六音步（hexameter）的诗行格律。卢卡斯（F. L. Lucas）对史诗的特点进行了简明的总结和概括："中篇开头的艺术，行动统一、迅速，使用超自然、先知与冥界因素，明喻装饰，移就反复，总之，除了北方地区的一些萨迦⑤诗歌，史诗高贵、真实，不矫揉造作，不可堪比⑥。"从"史诗"本身的角度来讲，莫尚特

---

　　① Jackson, Guida M. *Encyclopedia of Literary Epics*. California：ABC – Clio. Inc. 1996. P155.

　　② Richter, David H. *The Critical Tradition*：*Classic Texts and Contemporary Trends* (2nd Edition). Boston：Bedford/St. Martins. 1998. P45.

　　③ Richter, David H. *The Critical Tradition*：*Classic Texts and Contemporary Trends* (2nd Edition). Boston：Bedford/St. Martins. 1998. P60.

　　④ King, Kathering Callen. *Ancient Epic*. Oxford：Wiley – Blackell. 2009. P3.

　　⑤ 编者按：北欧地区的史诗集，叫作萨迦（Saga）。

　　⑥ Merchant Paul. *The Epic*. New York：Methuen Co, Ltd. 1971. Pⅶ.

（Merchant）认为"epic"有两种含义。狭义来讲，专指古典史诗；广义来讲，所有可称为"史诗"的文学作品都属其中。这样一来，"'史诗'的含义就可限定为'以六音步写作的长叙事诗，重点描述一个大英雄（阿基琉斯或贝尔武甫）或文明（如罗马或基督教文明）的兴衰以及英雄或文明与神祇的互动①'。"而第二种概念就可代指更宽范围的文学作品和样式了。随着现代诗学研究的不断推进，新兴的文艺样式不断被糅杂到史诗范畴，甚至现代小说、好莱坞大片以及摇滚歌曲也被包含进来②。当然，本书旨在概括古代史诗的研究成果，关于史诗概念的外延性的现代阐释恕此处不赘。

就史诗的分类而言，根据行文的记录方式，可分成两类："原始史诗或口述史诗和书面史诗③"。《荷马史诗》《熙德之歌》属于口述史诗，而维吉尔的《埃涅阿斯纪》、卢坎的《法沙利亚》（*Pharsalia* 又名《内战记》）则属于书面史诗。但如此分类不免过于仓促。若按莫尚特（Merchant）的概念，卢坎的《法沙利亚》描写对象是战争，且也符合六音步长篇叙事的标准，但诗中并未描述英雄、神明抑或文明。而赫西俄德写的《赫拉克勒斯之盾》其中神灵英雄兼具，也关乎一国文明，但篇幅又过于短小。因此，比较科学的分类方法是罗马修辞学家昆体良在《修辞原理》中提到的按内容分类法，即：神话史诗、哲理史诗、田园史诗和微型史诗。而图西（Toohey）沿用并完善了这种方法，最终将史诗分为 5 类：神话史诗、微型史诗、历史史诗（包括编年史史诗和评论史诗）、哲理史诗和喜剧史诗④。其中，神话史诗和历史史诗占据主导地位。神话史诗有时会被置于"英雄史诗"范畴之内，而"神话

---

① Merchant Paul. *The Epic.* New York：Methuen Co，Ltd. 1971. Pⅶ.

② Johns－Putra，Adeline. *The History of the Epic*，New York：Palgrave Macmillan，P. 1.

③ Merchant Paul. *The Epic*，New York：Methuen Co，Ltd. 1971. Pⅶ.

④ Toohey Peter. *Reading Epic：An Introduction to the Ancient Narratives.* London & New York：Routledge，Chapman and Hall，Inc. P2—5.

史诗则代表了古典诗歌的巅峰[1]"，荷马的《伊利亚特》和维吉尔的《埃涅阿斯纪》均可堪称经典之作。希腊神话史诗的写作类别又大概可分为四类。特洛伊类：主要描写战争及其后果；底比斯类：底比斯城的建造者卡德摩斯事件以及后来的俄狄浦斯王和儿子的故事；阿尔戈的故事：智取金羊毛和伊阿宋的后续生活；赫拉克勒斯类：大力神降魔等。以上四类史诗每一种类别的人物在史诗的初期阶段均彼此隔离，随情节的发展又相互交织。

希腊化时期的史诗较之荷马时代增加了三个内容："个人情感、书本知识和雕琢的词句[2]"，——微型史诗便是此时的产物。显然，"微型"是相对于古代史诗的鸿篇巨制而言，如长达 10 万颂的《摩诃婆罗多》和 28000 多行的《荷马史诗》。在公元前 3 世纪，一种提倡"简洁"的史诗题材出现，此类史诗篇幅短小精悍，如卡利马科斯（Callimachus）写的《赫拉尔》（*Herale*）只有 500 到 2000 行。特别的是，爱情主题在微型史诗中至高无上，由此，与后期的小说结下了不解之缘。

另一种主导型史诗是关于历史事件的记载，分为编年史类型和评论型两种。编年史史诗时间跨度很大，关注一个城市或地区而非单个英雄的兴衰，内容多为战争，也会涉及英雄，但通常均为将军，重在写史，具很强的真实性，如克文图斯·恩尼乌斯的《年代记》。相比而言，评论性史诗时间跨度都较小，重点关注战争或将军。卢坎的《内战记》便属此类，用十本书的篇幅仅仅描述了两年的时间跨度。而评论性的史诗更具神话史诗的大部分特点，在同情中凸显更多的情绪平衡。"卡西普斯（Corippus）对柔那斯（Johannes）的热情以及克劳迪安（Claudian）斯

---

① Toohey Peter. *Reading Epic*：*An Introduction to the Ancient Narratives.* London & New York：Routledge，Chapman and Hall，Inc. P2.

② 杨周翰，《埃涅阿斯纪》（译文序），南京：译林出版社，第 27 页。

提里欧（Stilicho）的热情，最终被卢坎对凯撒的恨所平衡①"。

　　显然，神话史诗和历史史诗有许多共同点，例如都关注英雄和英雄行为的叙事，而且，神和英雄的关系也同样纳入两种史诗的取材范畴。此外，两种史诗篇幅较长，风格高雅，多用六音步格律，内容包含明喻、战争、套话、女神的启发、神明和长老大会。

　　还有一种哲理史诗。其实，这类史诗并不局限于哲学主题。具体来说，哲理史诗包含了除上面四种以外的说教、科学、农业等各种专业知识的史诗类型，如卢克莱修的《物性论》、赫西俄德的《工作与时日》等。总体来说，史诗虽为严肃主题的文学体裁样式，发展到后来出现了喜剧史诗。如奥维德的《变形记》，用现代文学批评术语来讲，《变形记》是对传统意义上史诗概念的解构和颠覆。

　　还有一种分类方法是以地域为标准。泰纳有名的"种族、环境、时代"三要素说②，辜正坤教授的"人类文化演变九大律"中第一定律"生存环境横向决定律③"都充分说明地理环境对于民族、种族文化塑造的重要作用。按照这样的标准，外国史诗也可粗略划分为亚洲史诗、欧洲史诗、非洲史诗、拉美史诗等。最为家喻户晓的是巴比伦史诗《吉尔伽美什》、印度史诗《摩诃婆罗多》和《罗摩衍那》、波斯史诗《列王记》；希腊《荷马史诗》、罗马的《埃涅阿斯纪》《变形记》、英国的《贝尔武甫》、法国的《罗兰之歌》、俄罗斯的《伊戈尔远征记》、德国的《尼伯龙根之歌》、西班牙的《熙德之歌》以及北欧的《埃达》；非洲马里的《松迪亚塔》（Sundiata）以及拉美的《阿劳加纳》（The Arau-cana）。本书所列举的主要涉及这些代表性史诗的研究状况。

---

① Toohey Peter. *Reading Epic*：*An Introduction to the Ancient Narratives*. London & New York：Routledge，Chapman and Hall，Inc. P4.

② 胡经之，《西方文艺理论名著教程》，北京：北京大学出版社，第415页。

③ 辜正坤，《中西文化比较导论》，北京：北京大学出版社，第22页。

二、史诗本体研究状况

史诗研究大多始于对古文字的破译、手稿的解读以及文本的翻译。一般说来，大多数史诗都发端于口述文学，史诗的形成正式地使这些游街走巷的"故事"慢慢发展成为"善书①"，并用文字记录下来的过程。用现代学术话语来说，一旦成为"经典"，文本就相对固定，并开始流传扩散。同样，流传在民间的故事一旦完成了"经典化"的过程，便会有专门抄录或传承渠道得以保存和传承。同时，又由于地区、记录手段的差别，各民族史诗在长短、内容方面各异。

不容置疑的是，史诗与生俱来的身份符号首先是书写材料。《吉尔伽美什》书写于泥板，而印度地区多盛行贝叶文学，还有埃及的莎草，西欧的羊皮卷。一般来说，书面文本标志着史诗的成熟和"经典化"的完成，因此，史诗的研究始于版本的考证。

约翰·马克斯（John H. Marks）研究发现，1872 年 12 月 3 日乔治·史密斯（George Smith）将尼尼微废墟（Nineveh）中发现的《吉尔伽美什》碎片介绍给英国圣经考古协会（British Society of Biblical Archaeology），而在此之前，所有相关的研究均以符号学专家保尔·洪普特（Paul Haupt）② 在 1884 年和 1891 年分别出版面世的楔形文字版为母版。此后很长一段时间，《吉尔伽美什》的研究"多半集中在历史的分析、版本的考证和译读方面③"。而根据杰弗里·梯该（Jeffrey H. Tigay）的研究，古代的口述故事首次被写成楔形文字记录下来是在约

---

① 季羡林，《罗摩衍那初探》，北京：外国文学出版社，第 6 页。

② Sandars, N. K. *The Epic of Gilgamesh: An English Version with an Introduction.* New York: Penguin Books. P117.

③ 《吉尔伽美什》，赵乐甡译，南京：译林出版社，第 1 页。

公元前 2500 年。历经世代积累，最终在公元前 1300 年左右①史诗成型。而后，皮特·杰森（Peter Jesen）分别于 1900 年和 1901 年出版了两册德文译本，1928 年出现了汤姆森（Reginald Campbell Thompson）翻译的首个楔形文字全英语译本，叫做《吉尔伽美什史诗（楔形文字版全译本）》（*The Epic of Gilgamesh：A New Translation from a Collation of the Cuneiform Tablets in the British Museum Rendered Literally into English Hexameters*）。此后，对《吉尔伽美什》的研究大兴。到现在为止，相关的出版物多达数百种，《吉尔伽美什》的研究也因此跻身于世界文学研究之列。

由此可见，史诗研究与考古学息息相关。过去两个多世纪的出土和破译工作使古老的文明重现光辉。赫梯地区出土的文本显示，《吉尔伽美什》的故事除了有阿卡德和苏美尔语版本外，公元前两千纪已有了胡利安语和赫梯语版本，公元前一千纪也已有阿拉米语版本②。

同样，《罗兰之歌》原本是牛津大学图书馆（Bodleian）的一个不起眼的手稿，Digby 23③，并无具体题目。此诗后于 1837 年在巴黎出版，题目为《罗兰之歌或胡斯沃之歌》（*La Chanson de Roland ou de Roucevaux*），编辑者弗拉西斯·迈克尔（Francis Michel）记录了 1835 年 7 月发现它的过程，这便是传世的《罗兰之歌》版本。此书稿大约创作于 12 世纪（1120—1170 年之间），语言为盎格鲁 - 诺曼方言，12 世纪的修订者指出了抄写的 60 处错误，显然，Digby 23 并非作者原稿。实际上，它也并非现存的唯一手稿。在威尼斯的圣马克（St. Mark）国家图书馆有两个版本，一个是 14 世纪的威尼斯六号本（Venice Ⅵ），一个

---

① Tigay, Jeffrey H. *The Evolution of the Gilgamesh Epic*. Philadelphia：University of Pennsylvania Press. P248—250.

② Foley, John Miles. *A Companion to Ancient Epic*. Oxford：Blackwell Publishing. P119.

③ *The Song of Roland*（Translated with an Introduction and Notes by Glyn Burgess）. London：Penguin Books. P162.

是 13 世纪晚期的威尼斯七号本（Venice Ⅶ）。同样，在法国也有不同版本，最有名的是萨托鲁（Châteauroux）市立图书馆和巴黎国家图书馆都存有的 13 世纪晚期的版本和零星的碎片等。此后，《罗兰之歌》被翻译成多种文字①。

源于抄写稿本的还有《贝尔武甫》。凯文·凯尔南（Kevin Kiernan）认为《贝尔武甫》的稿本并非作者所书，那么稿本是不是就此可认为是对诗歌的首篇评论呢？历史上一般认为公元 1000 年左右，是两个抄录员完成了该诗的头稿②。另一种关于史诗的观点是出于对另一首古英语诗歌影响的考证：《安德烈亚斯》（Andreas）。这首诗从 17 世纪中期就存放于德文郡的艾克赛特大教堂之中。一个叫劳伦斯·诺维尔（Laurence Nowell）的人在 16 世纪 60 年代得到了 11 世纪的原稿并在首页写上自己的名字。到 1704 年，胡弗利·万利（Humfrey Wanley）在他出版的古英语书目中记录了《贝奥武夫》。如此，一个世纪之后，夏荣·图纳（Sharon Turner）发表了带有说明性引文的翻译本，尽管其中的语言并不十分准确。到 1815 年，冰岛人色科林（G. S. Thorklin）得到定本。另一个丹麦人格林特维希（N. S. Grundtvig）在 1815 和 1816 年之间出版了该诗，并对原文做了许多修改，突出诗歌的道德观念，为现代评论奠基。

而目前最主要的两个《摩诃婆罗多》的版本是 1863 年分别在加尔各答和孟买发现的。同样都是 18 本，比较而言，孟买版本多出 200 颂（sloka），但又缺失了《诃利世系》（Harivamsa）的部分。较好的校订本是马德拉斯（Madras）在 1855 到 1860 年之间用泰卢固语印刷而成的。但仍需细心校订，因为南印度和北印度的版本有很多的出入。温特

---

① 请参照 *The Song of Roland*（Translated with an Introduction and Notes by Glyn Burgess）. London：Penguin Books. P162.

② I. Lazzari, Marie. *Epics for Students*. Detroit：Gale Research. P38.

尼茨博士①（Dr. Winternitz）通过南北版本的对照发现南印度的版本更早。第三个版本包含了全部的故事，时间要相对来讲现代一些，但不同的部分写就时间相异，因此，里面包含了许多其他的版本。但总体来说，所有的版本均是 5 世纪之后的材料。而现存的所有故事的总和便形成了长达 10 万颂的《摩诃婆罗多》。

最早的《荷马史诗》稿本出现在 10 世纪。但有很多时间更早的残片，一直可以追溯到基督教时代之前②。通过阿里斯塔克（Aristarchus）和泽诺多托斯（Zenodotus）的评论及研究③发现，当时公认的《荷马史诗》文本源起于 11 世纪，与当时流行的文本并不相符合，因为 11 世纪的文本前后混乱情况很多，而流畅的文本成书约为公元前 3 世纪。由此，拉开了有名的"荷马问题"大幕。

古本考证、手稿解读赋予了史诗生命，相比较而言，文本的翻译则成为史诗的衍生和传播的重要手段。基于口述传统的非洲史诗，大多属于部落方言体，缺乏与世界交流的平台。西非史诗的优秀代表《松迪亚塔》（Sundiata）是在尼亚特（D. T. Niane）1960 年出版了法文译本之后面世，而英文版则是 1973 年皮克特（G. D. Pickett）的作品。芬兰史诗《卡勒瓦拉》初版之后即被翻译成多国文字，并被欧洲学者誉为"世界上最伟大的史诗"。《格林童话》的作者德国语言学家雅格·格林（Jacob Grimm）的评论给予《卡勒瓦拉》世界声誉，并很快为其他评论家所接受。因此，翻译文本和评论解读是对于"经典"文本的"外向型发展④"。但是，文本的国内接受与国际接受亦有差异。讲芬兰

---

① Sidhanta, N. K. *The Heroic Age of India*：*A Comparative Study*. London and New York：Routledge. 1996. P15.

② Murry Gilbert. *The Rise of the Greek Epic*. London：Oxford University Press. (4th edition). P282.

③ Murry Gilbert. *The Rise of the Greek Epic*. London：Oxford University Press. (4th edition). P285.

④ 编者按：经典化之前文本本体的不断丰富和完善属于文本的"内向型发展"，"经典化"完成之后文本的发展更多依赖新的评论解读以及翻译，属于文本的"外向型发展"。

语的本土人在史诗首次刊印之后并无兴趣，文本真正被发现是芬兰的乡村知识分子读到 1841 年瑞典人卡斯特航（M. A. Castrén）的翻译文本后才将之视为种族的骄傲。由此，《卡勒瓦拉》在芬兰终赢大众膜拜，如哈维可（Paavo Haavikko）所说："《卡勒瓦拉》不是用来评论的，而是用来供奉的①。"

　　除上述史诗，还有一种特别的史诗，是随着殖民者入侵带来的文学样式，——西属美洲文学便肇始与拉丁美洲史诗的兴起。22 岁的西班牙贵族埃希拉（Alonso de Ercilla）随军到智利，被阿劳加纳人的坚贞不屈所折服，创作名诗《阿劳加纳》（*Arancanian*）（1569—1589），从此，这一立场颠倒②的诗歌成为智利的首部史诗，同时也是西属美洲最重要且唯一的西班牙语古典史诗③。同样奇怪的是，在 1596 年当地诗人佩德罗·德·奥尼亚（Pedro de Oña）写过一首史诗《阿劳科的征服》（*Arauco Tamed*），却是赞颂殖民首领蒙多萨（Mendoza）将军的勇猛。

　　就史诗的主体而言，众所周知，中华文明源远流长，除部分少数民族外，汉文化为主流的中华文明史中几乎没有史诗的痕迹，更无连篇累牍的神话传说。季羡林先生分析说④，上古时期，书写文字和材料的发达程度是重要因素。早期文字结构形体复杂，中国人书写材料先进，多为竹简、布帛、纸张，宜长期保存，而其他民族如印度，多用桦树皮、贝叶等，不易保存。此外，史官的设立使得"诗化历史"在汉文明中缺乏生长土壤，汉魏人宋衷在注释《世本》中"沮诵、仓颉作书"之言时说"皇帝之世始于史官，仓颉、沮诵居其职⑤"。就诗歌体例而言，

---

　　①　I. Lazzari, Marie. *Epics for Students*. Detroit：Gale Research. P223.
　　②　编者按：史诗大多反映自己民族的英勇、无畏的精神，而埃希拉的史诗是作为殖民者的身份颂扬异族的被征服者。
　　③　Torres – Rioseco, Arturo. *Latin American Literature*（*5th Printing*）. California：University of California Press. P19.
　　④　季羡林，《东方文学史》，长春：吉林教育出版社，第 33 页。
　　⑤　王盛恩，《中国古代使馆称谓内涵的嬗变》，《史学史研究》，2008（1），第 19 页。

中国最长的叙事诗《孔雀东南飞》总共才 356 句，与外国史诗实在不能以长度相较。最后，神话是宗教观念的形象化表现，上古诸民族的意识形态中，无疑，宗教的主导性的地位促进了神话传说的繁荣。其实，中国在原始社会、商周时期也有丰富的神话传说，但春秋之后，儒家学说占上风，"子不语怪力乱神"的思维一定程度上抑制了神话的发展，加上成熟的宗法制度，因此，中国主流文化中的神灵在文明初期就已脱离人间烟火，被供奉祭坛，世代顶礼。而古印度、古巴比伦、古希腊等地区都拥有悠久的口述传统，因此，游吟诗人也历史地成为这一文学样式的主角。纵巴比塔倒塌之后各地语言不通，但影响后世文学的母题却在这一时期悄悄酝酿。母题的相通表明，在原始状态中，人类对于世界、自然和命运的看法有着惊人的相似之处。因此，母题研究也成为史诗研究的重要组成部分。

首先，史诗大多描述英雄缔造民族的英勇战斗或原始的生存斗争，因此，英雄主义母题几乎贯穿所有的史诗。如《荷马史诗》中的阿基琉斯、阿伽门农和奥德修斯；《吉尔伽美什》中的吉尔伽美什等。此类研究层出不穷。图西（Toohey）认为"自尊"和"荣誉①"作为英雄一生的追求，同时也是史诗中英雄行动的驱动力。而最核心的部分"英雄冲动②"（heroic impulse）导致善恶较量从而使史诗情节引人入胜，而且，善的"冲动"很大程度上来说促进了社会的文明进步。不难理解，史诗场面宏大，英雄多为国王或贵族，为展现其特殊身份，危机或战争是必要的历史背景，以彰显英雄主义情结如《吉尔伽美什》中英雄的成长。詹肯（Jackon）在研究古爱尔兰传统时发现，"所有的英雄醉心于荣誉、名声"，当年轻的库丘林发现不情愿的一项选择会使他永远扬

---

① 请参见 Toohey Peter. *Reading Epic：An Introduction to the Ancient Narratives*. London & New York：Routledge，Chapman and Hall，Inc. P9.

② Toohey Peter. *Reading Epic：An Introduction to the Ancient Narratives*. London & New York：Routledge，Chapman and Hall，Inc. P9.

名爱尔兰，但要为之付诸生命的代价，他选择：只要有荣誉，只活一天也足够①"，这一点与《伊利亚特》中的阿基琉斯可谓异曲同工。不仅如此，《贝尔武甫》也说："死前赢得荣誉是对一个武士的最好选择。"由此可见，荣誉（honor）已经成为英雄的不可分割的标识，各族史诗的重要话题，同时也成为后世文学中重要母题。奥依纳斯（Felix J. Oinas）在评论芬兰史诗《卡勒瓦拉》时指出海盗时代（Viking Age），芬兰人的英雄主义情结超越了对勇敢和力量的膜拜，为后世子孙赢得荣誉是最大的使命②。这种精神集中体现在维纳莫宁（芬兰语Väinämöinen）和同伴与北方黑暗国波赫尤拉（Pohjola）争夺神磨（Sampo）的战斗中。同样，对于把死亡看成是口述史诗传统的印度史诗来讲，"英雄""英雄行为""英雄式的死亡"成为史诗中频繁出现的字眼。斯图亚特·伯莱伯（Stuart Blackburn）认为死亡的重要不仅出于叙事的需要，而且也包含在表演的礼仪样式之中。他认为未开化的、暴力型的死亡通常构成了史诗的基础。而作为英雄来讲，如果通过英雄的行为达到了目标却还存活便没有达到神性③。

不难看出，英雄主义情结作为史诗的灵魂，使人物形象更加丰满，同时也推动了史诗情节的发展和冲突的展开，同时，英雄的人生观所折射出的民族古典文化风俗，成为史诗的重要保存价值所在。

其次，归家也是史诗研究的重要因素。作为怀旧主义的情感标识，归家在古代神话和史诗中屡见不鲜，最为著名的"奥德修斯归家记"是最为典型的代表。但与之产生鲜明对照的归家却是埃斯库罗斯的悲剧《俄瑞斯忒亚》。尽管同为归家主题，一个是大团圆，一个却陷入命运

---

① Jackon, Kenneth Hurlstone. *The Oldest Irish Tradition：A Window on the Iron Age.* New York：Cambridge University Press. P11.

② Oinas, Felix J. "The Balto – Fennish Epics," in *Heroic Epic and Saga：An Introduction to the World's Great Folk Epics.* Bloomington：Indiana University Press. P286—309.

③ Blackburn, Stuart H. et al. *Oral Epics in India.* London：University of California Press, Ltd. P109.

的泥淖，不能自拔。"很大一部分的这种创造性文学是作为对流逝时光的追溯与再现①"。因此，归家主题在古罗马叙事史诗中至关重要，如维吉尔的《埃涅阿斯纪》。在作者的眼里，世界是神话时代的价值观和理想的载体，如果我们相信灵魂转世，罗马开国皇帝奥古斯都便不会只有一点点像特洛伊的埃涅阿斯，而是直接取而代之了。基于如此认识，维吉尔认为埃涅阿斯到达意大利并非逃亡，而是"回家"，因为"维吉尔认为特洛伊是与意大利有承继关系的，始于罗马皇帝的渊源的科吕图斯是特洛伊王子帕里斯之子②"，因此，也可谓之"归家"。另外，卢坎的《内战记》虽去掉了神话和神明的因素，但帝国和怀旧的联系仍存，而卢坎心中所系便是"返回早期罗马共和国时期③"，从心理意义上来讲，也不失为"归家"。

另外一种归家主题是通过"潜在话语"方式呈现，比如冥界的描述，在"冥界"的叙事话语里，时空因素失语，叙事便可穿越任意排列，并通过共时性的展现，一方面史诗的"漂流"主题得以展现，在"漂流"中打破时空限制，以彰显叙事深度。在《奥德赛》中，奥德修斯只身前往冥界哈德斯的细节丰富了史诗内容，使传统的希腊神话故事能共时展开；另一方面，荷马通过冥间人物的诉说尤其是阿基琉斯"宁为人下人，不做鬼首领"道出对人间的赞颂和"家园"的回归之愿。同样，《卡勒瓦拉》中的部落精神领袖——萨满神④，同奥德修斯一样，在冥间所见到的身体与灵魂分离过久而导致的身体腐烂，灵魂无所寄托之状，也从侧面反映出古代芬兰人对身体、灵魂关系的探索和回归心灵

---

① Bates Catherine. *The Cambridge Companion to the Epic.* Cambridge：Cambridge University Press. P51.

② Bates Catherine. *The Cambridge Companion to the Epic.* Cambridge：Cambridge University Press. P51.

③ Bates Catherine. *The Cambridge Companion to the Epic.* Cambridge：Cambridge University Press. P51.

④ Oinas, Felix J. "The Balto‐Fennish Epics," in *Heroic Epic and Saga：An Introduction to the World's Great Folk Epics.* Bloomington：Indiana University Press. P286—309.

"家园"哲思。

第三，宗教母题。卡斯特航（M. A. Castrén）指出，"对于神话家来说，卡勒瓦拉或波赫尤拉是否真的存在，怎样存在都是一样的，只是说明了当时人们对世界的看法①"。对他来说，史诗重要性并不在于其历史真实性，而是古代人们对于生活环境和生活经历的思考。因此，融合神话、宗教于一体的史诗宗教母题研究亦如火如荼。按照维特根斯坦的观点：宗教是一种文字游戏②，而同样以语言为载体和媒介的史诗于是成为宗教发展的温床。

潘庆舲指出，《列王记》中表现的最突出的"就是善与恶两源之间永恒斗争的思想③"。而这一斗争思想与萨珊王朝的伊朗国教——祆教④中的二元论思想一脉相承。祆教的教义认为"经过几千年的循环与斗争，将来善终于获胜，世界上的恶将被圣火涤荡无遗⑤"。而《列王记》中斗争恰好无疑地表现为伊朗和突朗之间的斗争。因此，有学者指出，"菲尔多西的《列王记》是祆教神话和世俗传说的混合物⑥"。其中历史真实究竟有多少姑且不论，但祆教思想几乎成为《列王记》的主导哲学思想已成为公认的事实。

无独有偶，印度史诗《摩诃婆罗多》和《罗摩衍那》成书均在释迦牟尼创立佛教之后，季羡林先生考证《罗摩衍那》时发现其中有一处提到了佛，还咒骂佛，推断其原因是"《罗摩衍那》浸透的是印度教的精神，另一原因就是当时佛教还尚不流行⑦"。但是，在《摩诃婆罗

---

① I. Lazzi, Marie. *Epics for Students*. Detroit：Gale Research. P232.

② Swatos, William H. *Wonderous Healing：Shamanism, Human Evolution, and the Origin of Religion Sociology of Religion.* 2002（12），Vol 63（4），P543—544.

③ 潘庆舲，《波斯诗圣菲尔多西》，重庆：重庆出版社，第 122 页。

④ 编者按：琐罗亚斯德教，在我国又叫作拜火教或祆教，是古代伊朗的民族宗教。

⑤ 潘庆舲，《波斯诗圣菲尔多西》，重庆：重庆出版社，第 123 页。

⑥ 王向远，"试论波斯文学的民族特性"，《苏州科技学院学报》，2009（5），Vol 26（2），第 54 页。

⑦ 季羡林，《罗摩衍那初探》，北京：外国文学出版社，第 35 页。

多》中反复提到的"人解脱的三条途径①"恰合佛教学说要义。美科利蒂②（Sean McCready）专门撰文表述了"佛法"（dharma）的神圣职责，以及对诗中的人物——五班度和毗湿摩进行了分析并得出结论：《摩诃婆罗多》是一部关于人类苦难和战争的史诗，呼吁建立一种精神和俗世之间的联系，个体遵从"佛法"的艰难道路、关注牺牲，并最终指给人们今世成功和达到来世的妙法。又据刘安武考证，印度正式的宗教婆罗门教形成于公元前 7 世纪，到公元八九世纪宗教大师商羯罗改革，婆罗门教改为新婆罗门教之时，两部史诗已然成为该教教义③。由此，史诗又完成了与印度教的结合。

再者，奥依纳斯（Felix J. Oinas）指出，《卡勒瓦拉》除了少部分的英雄诗行之外，全诗洋溢着萨满教义的气氛，因此，又叫做"萨满史诗④"（Shamanistic epic）。因为史诗中大部分的行动完成并非出自个人行为，而是咒语或魔术方式，正合极地文化，他们的英雄是超越现实世界的萨满和巫师，有的就完全是半神和文化英雄，参与创世并造福于人。史诗中芬兰的哲人，是整个部落的精神领袖，且知识渊博。他去另一世界寻求知识，途中遭遇万难，就像极地的萨满神的"灵魂旅行⑤"（Soul Travels）。此外，卡卡拉（Alfonso - karkala）还解读过维纳莫宁（芬兰语 Väinämöinen）渴望获得的三个密语（magic words）的象征意义并和《摩诃婆罗多》进行比读。而奥依纳斯（Felix J. Oinas）的另外一篇文章则是专门解读《卡勒瓦拉》作为一首萨满史诗分析其主题、形式、成文步骤、传播媒介。由此可见，宗教母题在史诗的研究中丰富

---

① 《摩诃婆罗多》，黄宝生译，南京：译林出版社，第 4 页。

② I. Lazzi, Marie. *Epics for Students*. Detroit：Gale Research. P232.

③ 刘安武，《印度两大史诗研究》，北京：北京大学出版社，第 227 页。

④ Oinas, Felix J. "The Balto - Fennish Epics," in *Heroic Epic and Saga：An Introduction to the World's Great Folk Epics*. Bloomington：Indiana University Press. P286—309.

⑤ Oinas, Felix J. "The Balto - Fennish Epics," in *Heroic Epic and Saga：An Introduction to the World's Great Folk Epics*. Bloomington：Indiana University Press. P286—309.

了宗教学的渊源，拓展了史诗的研究视角，二者可谓相得益彰。

另外，其他史诗文本与宗教，文本与语言，文本与文化、风俗等，都从不同的维度对后世的文学、文艺、宗教、文化等领域的深入研究具重要的开拓作用。如《埃涅阿斯纪》成为基督教传统的一部分，尤其是维吉尔作为出色的拉丁语诗人，其文本成为当时的拉丁语教材，其行文风格一直影响了后世的塔索和埃德蒙·斯宾塞等。《荷马史诗》中的"净礼"与后世犹太教、伊斯兰教的传统，以及卢克莱修《物性论》中关于"无神论"观点的阐述。虽这些观点仅为后世形形色色文化的雏形，也不具有明确地学科划分，但史诗以其家喻户晓的行文风格对文化的保存与传播均起到举足轻重的作用。从这个层面上来讲，史诗的本体研究也成为文化研究领域不可或缺的一部分。

三、史诗理论研究

对于史诗理论的研究，最具突破性意义的要算帕里（Milman Parry）的"程式理论"。他根据《荷马史诗》中大量的程式化语言[1]，推断出某种传统性因素的存在。又通过对南斯拉夫口述诗歌的实地考察，帕里发现了塞尔维亚"格斯拉[2]"的口述英雄诗歌。经过取样和对这些固定的程式化短语、大体类似的故事类型和史诗整体结构特点的分析，他认为《荷马史诗》"不可能是一朝一夕、由某一个作者在一个特定时间内创作的，而是在民间口头长期创作的基础上逐步形成的[3]"。另一个发

---

① See The Making of Homeric Verse. *The Collected Papers of Milman Parry*, ed. Adam Parry. 1971.

② 编者按：游吟诗人在不同的地区叫法不同。在法国，他们被称为"荣格勒"（jongleur）或"特鲁伯德"（troubadour）；在挪威，叫作"斯盖尔特"（skald）；在斯拉夫语中，则为"格斯拉"（guslar），在希腊叫作 bard。

③ 晏绍祥，《荷马社会研究》，上海：三联书店，第9页。

现就是他根据发现的口述诗歌的风格特点及在其他诗歌中的应用，深入细致地研究了口述诗歌和书面诗歌之间的差异问题，进而提出了系统化的口述理论。事实上，程式化的语言司空见惯，但帕里认为此研究的难点在于如何量化史诗语言的程式化程度，进而考察程式化技巧发挥作用的方式。帕里研究发现，程式化的语言除荷马史诗外，对欧洲其他国家的许多史诗也都适用。帕里认为研究的关键在于捕捉歌者表演——即口述诗歌产生的一瞬间。通过搜集这些"瞬间资料"，帕里说，我们就"不仅能够学到歌手如何组织词汇、短语和诗句，还有篇章以及主题，而且这首诗是如何人人相传，代代流芳，跨越山川障碍和语言的樊篱。总体来说，这样的一项研究工作足以窥见整个口述史诗的存活与消亡[1]"。

帕里认为，风格化的文本需风格化的方法[2]。风格，是人的思想的形式表现，与其人所处时代息息相关。因此，要掌握一篇文学作品的完整风格，就相当于要去了解一名作者的全部以及他所生活的世界。当诸多要素铺陈眼前时，究竟以什么样的尺度归类衡量，需要研究者能够回溯到表演即史诗生产，同时也是歌手思想自我表达的瞬间。

经过多年的考察研究，最终帕里的学生洛德总结出口述诗歌的三个特点：短促内敛的歌词、反复、程式[3]，以此成为《荷马史诗》口述传统的重要标志。引申开来，洛德发现，这也是歌手即兴表演时对于神话传统主题的展现方式。洛德指出，在传统的口述诗歌中，神话主题已存在了几个世纪[4]。因此，史诗的表演已然通过代代口头传授形成固定的模式。

---

① Lord, Albert Bates. *Serbocroation Heroic Songs*. Cambridge and Balgrade：The Harvard University Press and The Serbian Academy of Science. P5.

② 编者按：其方法是实地搜集语料并归纳整理。

③ Lord, Albert Bates. *Serbocroation Heroic Songs*. Cambridge and Balgrade：The Harvard University Press and The Serbian Academy of Science. P20.

④ Lord, Albert Bates. *The Singer of Tales*. Cambridge, MA：Harvard University Press. 99ff.

其实，其他民族的史诗研究者也同样发现了"程式"的问题，比如西非马里史诗《松迪亚塔》中对松迪亚塔的称呼"肩上卧猫者，主人、猎手，纳阿瑞纳的狮子①"（Cats on the shoulder, Simbong and Jata are at Naarena），就像荷马史诗中"目光炯炯的雅典娜"一样的套话。不仅如此，在布罗津滕（John Brockington）研究《罗摩衍那》过程中发现最基本的"程式"也是组成人名的音节和修饰语汇，与以上所有的史诗均不谋而合。但是他独有的发现是《摩诃婆罗多》中出现的程式只有偶尔的几种表达出现在《罗摩衍那》之中，由此，布罗津滕推断"这两部史诗从根源上是互相独立的②"。这一结论与许多考古学者的结论恰好大相径庭。例如季羡林等梵文专家则通过情节认为"两部史诗基本上属于同一时代，而且《摩诃婆罗多》要晚于《罗摩衍那》……两书中相同或相似的诗篇，都应该源于《罗摩衍那》③"。因此，口述理论以及程式化表达的研究必将开拓新的史诗研究领域和维度。

提到史诗的表演，歌者的因素不容小觑。诚然，通过考古学、语言学等的研究深入大大推动了对史诗表演现场的现代构建，从而推动史诗的现代研究取得可喜进步。但从史诗本身来说，史诗的现场性在很大程度上决定了文本的特点。因此，对歌者及表演的分析是研究史诗艺术精粹不可或缺的一部分。在纳吉（George Nagy）看来，成文（composition）和表演（performance）是口述文艺学（oral poetics）同一过程的两个方面，更侧重于表演④。因为表演是史诗的传播媒介，

---

① Innes, Gordon. *Sunjata: Three Mandinka Versions*. London: School of Oriental and African Studies, University of London. P17.

② Brockington Mary. "The Relationship of the Rāmāyana to the Indic Form of 'The Two Brothers' and to the Stepmother Redaction" in *The Epic Oral and Written*, edited by Lauri Honko, et al. Mysore: CIIL Press. P135.

③ 季羡林，《罗摩衍那初探》，北京：外国文学出版社，第29页。

④ Nagy George. *Poetry as Performance: Homer and Beyond*. New York: Cambridge Univerity Press. P1.

而歌者是表演的主体。因此，对于歌者的培养过程引起了口述诗歌研究者们的兴趣，因为他们在很大程度上决定了文本的特点以及表演方式。

首先，不同民族地域的歌人称呼不同，培养方式亦异。在翻译文本或史诗介绍中多专门介绍歌者，歌者研究集大成者当推洛德的专著《故事的歌者》（The Singer of the Tales）。书中以荷马为代表，记述了歌者的培训以及表演的过程。书中以前南斯拉夫地区歌者的表演为模板，从现在存活的艺术样式中入手，进行实地调查研究，由此，为古代游吟歌者的研究提供了更为可靠的论断。从另一方面来讲，《故事的歌手》的研究模式也掀开了史诗与民俗学相结合的研究范式。同时，民族志诗学和表演理论也正式应用到了史诗的研究范畴。

与此同时，路西·杜兰（Lucy Durán）和戈哈姆·福尼斯（Graham Furniss）在为《松迪亚塔》译本的《序言》中也介绍了马里的歌者状况。在马里，从"松迪亚塔"时代开始，歌者就已经作为一种社会阶层。传统上讲，歌者与主人家世代生活一起，可谓"家用歌者"，这样一来，歌者对主人的生活起居了如指掌，更方便其为主人量身定制颂歌或记录家谱。杜兰和福尼斯认为："《松迪亚塔》属于贵族家谱复述的类型。一般会采用有修饰语的名词性短语来增强叙事的艺术性和实用性，用语巧妙者可获封赏①。"就表演方式而言，技艺精熟的大师级表演家比如索索（Bamba Suso）和卡努特（Banna Kanute），"会用人类不能达到的语速熟练地讲述史诗故事，起音很高，逐渐降调，直至换气，再开始另一段②"。同时，《序言》中还提到三种表演方式：讲演、诵读

---

① Durn Lucy, Furniss Graham. "Introduction" for *Sunjata*：*Gambian Versions of the Mande Epic by Bamba Suso and Banna Kanute*. Translated and Annotated by Gordon Innes with Assistance of Bakari Sidibe. London：Penguin Books. P xvi. .

② Durn Lucy, Furniss Graham. "Introduction" for *Sunjata*：*Gambian Versions of the Mande Epic by Bamba Suso and Banna Kanute*. Translated and Annotated by Gordon Innes with Assistance of Bakari Sidibe. London：Penguin Books. P17.

和歌唱。讲演用于讲故事，诵读则像故事中的插句，即程式化的名词短语。而歌唱的方式则尤为盛大，常伴有女合唱团，配木琴、五弦古琵琶或二十一弦古竖琴—琵琶。根据格哈德（D. C. Conrad）考证，"号称最权威的尼亚特（Niane）的句句对译版本中运用反复等的修辞手法则能够赋予歌手最鲜活的表演[1]"。特别的是，杜兰和福尼斯在研究中搜集了许多名词性短语的名字，而这些名字蕴含了曼丁哥（Mande）的文化传统，包含词、短语以及不能解释的古语，同样，丰富的语料便于语言学家进行深入的研究。

根据詹肯的考证，在爱尔兰，歌者通常叫做 Bardi 或 Bards，他们需在专门的学校经 7 至 12 年的训练，学习各种格律的作文、古文及传统，最后一年学咒语和魔术，配乐是竖琴。而训练的方式，詹肯指出："学生躺在黑暗中，背诵古代传统，并背给老师听以便纠正[2]。"一定程度上，如此环境又与盲诗人的特点和思维训练方式不谋而合。但爱尔兰诗人不同于其他诗人的特点在于可背诵（长诗、叙事诗），但不会即兴表演。论及表演，纳吉将《荷马史诗》的传播与接受分为五个阶段[3]，指出最原始的阶段流动性最强，无书面文本也最流畅；而随着史诗经典化过程的完成，流畅性逐渐被呆板性所取代。同时，各种手稿、脚本层出不穷，直至标准定本出现，文本才进入相对稳定期。相应的，史诗的表演形式也逐渐趋于模式化。因此，纳吉引用艾略特关于"传统和个人才能"的观点，得出结论，认为一个诗人（歌者）"他的作品（表演）中，不仅最好的部分，就是最个人的部分，也是他的前

---

[1] Conrad, D. C. "A Town Called Dakajalan: the Sunjata Tradition and the Question of Ancient Mali's Capital". *Journal of African History*. 1994（35）. P367.

[2] Jackon, Kenneth Hurlstone. *The Oldest Irish Tradition: A Window on the Iron Age*. New York: Cambridge University Press. P25.

[3] See Nagy George. *Poetry as Performance: Homer and Beyond*. New York: Cambridge University Press. P110.

辈诗人（歌者）最有力地表明他们的不朽的地方①"。在纳吉看来，优
秀的歌者"需要坚持诗歌本身的权威和稳定性，并非因时而异地取悦观
众，从而更倾向于将诗歌原样地传达，使诗歌具备拥有无限的时间观念
和永恒价值观的最大愉悦②"。因此，对歌者以及表演传统的研究更形
象地再现了各民族史诗的保存以及传播的状况，为史诗的研究展现了
新的研究切入点。

最后，从文体方面来看，史诗，尤其是长篇史诗，集中表现了一个
民族的优秀品质。史诗以严肃、高雅的方式将文明的火种世代流传，在
没有文字的黑暗时代里，成为大众文化与精英文化沟通的渠道。用席勒
的话来说，史诗包含着民族根基与高峰的"绝对的过去③"。这个"绝
对的过去"同时也是现代文明破壳而出的胚胎。因此，对于史诗与其他
文体的关系研究也成为史诗研究的一个重点话题。

首先，亚里士多德在《文艺学》（Poetics）中认为"悲剧是崇高
的，史诗是非理智的④"，细数了史诗与悲剧在行文、表达及格律等方
面的异同，认为就文体方面，史诗同悲剧一样，是对"贵族阶层的高雅
表达⑤"。但史诗使用单一音节来叙述，且二者长度不一。与悲剧不同，
史诗可同时陈述许多线索和行动，其叙事的共时性空间很大；悲剧则局
限于舞台表演，线索和行动不能重叠，因此，悲剧更多地受到时空限
制，因此，亚里士多德提到了悲剧中时间、地点、情节的一致性。最

---

① 托·斯·艾略特［英］，"传统和个人才能"，《传统和个人才能艾略特论文集·论
文》，卞之琳、李赋宁译，陆建德主编，上海：上海译文出版社，第2页。

② Nagy George. *Poetry as Performance*：*Homer and Beyond*. New York：Cambridge University
Press. P224.

③ 秦露，《文学形式与历史救赎：论本雅明〈德国哀悼剧起源〉》，北京：华夏出版社，
第105页。

④ Richter, David H. *The Critical Tradition*：*Classic Texts and Contemporary Trends*（2nd Edi-
tion）. Boston：Bedford/St. Martins. P61.

⑤ Richter, David H. *The Critical Tradition*：*Classic Texts and Contemporary Trends*（2nd Edi-
tion）. Boston：Bedford/St. Martins. P45.

后，亚里士多德认为悲剧去掉了神话的荒谬性和荒唐话语，更严肃、高雅，因此他认为"史诗中有，悲剧皆有；史诗中无，悲剧还有"。所以，亚里士多德认为在当时的时代，悲剧更能够代表当时的文艺发展主流。

随着个人意识在希腊化时期的兴起，微型史诗再次勃兴。史诗不仅篇幅变短，从几万行缩减至 200 到 500 行左右，内容除了纯叙事类型外，出现了偏离类型（degression），这也标志着与古代史诗的分离①。也就是说，史诗本体出现了变化，内容上也更加关注现实或情感背景下的非英雄或"道德不良"的人物，换句话说，此时的史诗已失去了本身所具有的崇高。史诗发展到奥维德的《变形记》之时，已没有固化的形式与主题，"爱的力量"成为诗歌的主题，并代替"英雄冲动""英雄行为"成了微型史诗的发动机，甚至促成了世界的流变。这种变化图西（Toohey）认为史诗缺乏强烈感是与罗马的衰败有关，拉丁语威望的减弱以至于黑暗时代消解了书面文字的重要性②。而在现当代文学史中，史诗几乎已然成为一种记忆，或者说，基本上存在两种观点，一个是以巴赫金为代表的"完成时"观点，一个就是以卢卡奇为代表的"进行时"观点。早在 1810 年美国文学家奥尔森（Charles Olson）就提出过"开阔地③"（open – field forms）的观点，即提倡打破常规的文学体裁分类，小说、历史与史诗交织。换句话说，奥尔森的方法就是让小说和历史借助史诗的传统，实际上，这样已经颠覆了史诗传统意义上的概念体系。而就小说和史诗的特点而言，卢卡奇（Lukacs）和巴赫金（Bakhtin）都认为在现代社会中小说逆传统史诗的整齐划一，而以其形

---

① Toohey Peter. *Reading Epic*：*An Introduction to the Ancient Narratives.* London & New York：Routledge, Chapman and Hall, Inc. P101.

② Toohey Peter. *Reading Epic*：*An Introduction to the Ancient Narratives.* London & New York：Routledge, Chapman and Hall, Inc. P211.

③ JR McWilliams John P. *The American Epic*：*Transforming a Genre* 1770—1860. New York：Cambridge University Press. P2.

式的开放性，语言的混杂性以及观点的主观性获得了更多的读者。在这种情形之下，卢卡奇希望史诗与时俱进，以新的形式出现；又小说为大众喜闻乐见的言说方式，因此，史诗小说化是使其获得文化最大普世价值的不二之选。于是，一系列小说式的史诗或史诗式的小说应运而生，如美国的斯托夫人的《汤姆叔叔的小屋》，甚至开篇提到的好莱坞大片，全部充塞进史诗的概念，美其名曰"史诗的最新发展"。由此，卢卡奇感慨"小说是被上帝抛弃了的世界史诗①"。这样一来，史诗的概念从远古时代一下子就跨入了 21 世纪，空间也囊括了几乎所有的文学样式，毕竟太宽泛的概念反而使史诗失去了概念和存活的空间，不免沦为其他艺术样式的噱头而已。

相对而言，巴赫金认为，伟大的史诗是一个完整、封闭的种类，是完全关于过去的世界，是对"祖先、创世和鼎盛"的书写，而与现代开放的创作方式格格不入，也正是在史诗与小说互不融合的 18 世纪产生了小说②。一反卢卡奇的史诗"过去完成进行时"观点，巴赫金提出史诗的"完成时"理论。他认为即便现代人喜欢英雄主义也只是一瞬间而非常态存在，更为糟糕的是，笑声打破了小说与史诗对话的可能性。巴赫金认为对于史诗破坏的第一步和最重要的一步就是人的意象的喜剧化。因此，在巴赫金所划定的圆圈里，史诗的过去标志着绝对的完结。

诚然，从经典化的角度来讲，游吟诗歌的经典化意味着文本的相对固定，以及对文本内容的瞬间定格，对于史诗的历史记录以及文本传播来说不可或缺。但史诗同时又作为一种文学样式，其本体的文学性亦不容忽视。不可否认，适时适度地对经典化文本进行新的发展实乃文学之

---

① 《荷马史诗》（*Omero Iliade Alessandro Baricco*）亚历山德马·巴瑞科［意］著，邓婷译，上海：上海文艺出版社，《前言》第 2 页。

② JR McWilliams John P. *The American Epic：Transforming a Genre* 1770—1860. New York：Cambridge University Press. P5.

幸，而保存文本的完整性，尊重原创文本的特点以及珍视文本的纯洁性以及对文本富有创新化的深入研究更是对历史、传统和文本的最终，更有利于文本生命的正面延续。

参考文献

1. 中文文献

1. 阿尔伯特·贝茨·洛德［美］，《故事的歌手》，尹虎彬译，北京：中华书局，2004 年。

2. 巴赫金［俄］,《哲学美学》，石家庄：河北教育出版社，1998 年。

3. 伯纳德特［美］，《弓弦与竖琴：从柏拉图解读〈奥德赛〉》，程志敏译，北京：华夏出版社，2003 年。

4. 曹雪芹、高鹗，《红楼梦》，北京：中华书局，2001 年。

5. 陈戎女，《荷马的世界——现代阐释与比较》，北京：中华书局，2009 年。

6. 陈中梅，《荷马的启示——从命运观到认识论》，北京：北京大学出版社，2009 年。

7. 程志敏，《荷马史诗导读》，上海：华东师范大学出版社，2006 年。

8. 恩格斯［英］，《家庭、私有制和国家的起源》［M］，《马恩选集》（第四卷），北京：人民出版社，1972 年。

9. 范先明，《辜正坤翻译思想研读》，北京：中国对外翻译出版公司，2012 年。

10. 龚妮丽，《音乐美学论纲》，北京：中国社会科学出版社，2002 年。

11. 辜正坤，《中西文化比较导论》，北京：北京大学出版社，2007 年。

12.《古兰经大义》，杨敬修、仲明氏译，北京：北平伊斯兰出版公司，1937年。

13. 古朗士［法］，《希腊罗马古代社会研究》，李玄伯译，上海：上海文艺出版社，1990年。

14. 古朗士［法］，《希腊罗马古代社会史》，李宗侗译，台湾："中国文化大学"出版部，1989年。

15. 荷马［古希腊］，《荷马史诗·奥德赛》，王焕生译，北京：人民文学出版社，2012年。

16. 胡经之，《西方文艺理论名著教程》，北京：北京大学出版社，1988年。

17.《吉尔伽美什》，赵乐甡译，南京：译林出版社，1999年。

18. 季羡林，《东方文学史》，长春：吉林教育出版社，1995年。

19. 季羡林，《罗摩衍那初探》，北京：外国文学出版社，1979年。

20. 季羡林、刘安武，《印度两大史诗评论汇编》，北京：中国社会科学出版社，1984年。

21. 李赋宁，《欧洲文学史》（第一卷），北京：商务印书馆，1999年。

22. 利奇德，《古希腊风化史》，杜之、常鸣译，沈阳：辽宁教育出版社，2000年。

23. 李秋霖，《康德著作全集——实践理性批判、判断力批判》，北京：中国人民大学出版社，2006年。

24. 刘安武，《印度两大史诗研究》，北京：北京大学出版社，2001年。

25. 刘影等，《英文歌曲与文化研究》，西安：西安交通大学出版社，2008年。

26.《摩诃婆罗多》，黄宝生译，南京：译林出版社，1999年。

27. 潘庆舲，《波斯诗圣菲尔多西》，重庆：重庆出版社，1990年。

28. 秦露，《文学形式与历史救赎：论本雅明〈德国哀悼剧起源〉》，北京：华夏出版社，2005年。

29. 让·皮埃尔·韦尔南［法］，《神话与政治之间》，余中先译，上海：三联书店，2001 年。

30. 塞尔格叶夫［苏］，《古希腊史》，缪灵珠译，北京：高等教育出版社，1955 年。

31. 托·斯·艾略特［英］，《传统与个人才能——艾略特文集·论文》，卞之琳、李赋宁等译，上海：上海译文出版社，2012 年。

32. 王次炤，《音乐美学》，北京：高等教育出版社，2001 年。

33. 王岳川，《当代西方最新文论教程》，上海：复旦大学出版社，2008 年。

34. 吴晓群，《古代希腊仪式文化研究》，上海：上海社会科学院出版社，2000 年。

35. 徐新，《西方文化史》，北京：北京大学出版社，2007 年。

36. 亚历山德马·巴瑞科［意］，《荷马史诗》（Omero Iliade Alessandro Baricco），邓婷译，上海：上海文艺出版社，2010 年。

37. 亚里士多德［古希腊］，《尼各马可伦理学》，北京：商务印书馆，2003 年。

38. 亚里士多德［古希腊］，《诗学》，陈中梅译注，北京：商务印书馆，1996 年。

39. 亚里士多德［古希腊］，《诗学》，罗念生译，上海：世纪出版集团，2004 年。

40. 晏绍祥，《荷马社会研究》，上海：上海三联书店，2006 年。

41. 于凌波居士，《简明成唯识论白话讲记》，财团法人佛陀教育基金会印赠。

42. 杨周翰，《埃涅阿斯纪》，南京：译林出版社，1999 年。

43. 曾遂今等，《西方音乐文化教程》，北京：中国传媒大学出版社，2005 年。

44. 赵敦华，《西方哲学简史》，北京：北京大学出版社，2001 年。

45. 赵炎秋，《西方文论与文学研究》，长沙：湖南师范大学出版社，2003 年。

46. 中国社会科学院语言研究所词典编辑室，《现代汉语词典》（汉英双语 2002 增补本），北京：外语教学与研究出版社，2002 年。

47. 周中之、黄伟合，《西方伦理文化大传统》，上海：上海文化出版社，1991 年。

48. 朱光潜，《悲剧心理学》，合肥：安徽教育出版社，2006 年。

49. 朱光潜，《悲剧心理学——各种悲剧快感理论的批判研究》，张隆溪译，北京：人民文学出版社，1983 年。

2. 英文文献

1. Aristotle. *Politics（Translated by C. D. C. Reeve）*. Indianapolis：Hackett Publishing Company Inc，1998.

2. Bates Catherine. *The Cambridge Companion to the Epic*. Cambridge：Cambridge University Press. 2010.

3. Beecroft Alexander. *Authorship and Cultural Identity in Early Greece and China：Patterns of Literary Circulation*. New York：Cambridge University Press，2010.

4. Blackburn，Stuart H. et al. *Oral Epics in India*. London：University of California Press，Ltd. 1989.

5. Bury，J. B. *A History of Greece：to the Death of Alexander the Great*. Beijing：Peking University Press. 2009.

6. Butler Samuel. *The Authoress of The Odyssey*. New York：E. P. Dutton Company，1921.

7. Cartledge，Paul. *Ancient Greece：a Very Short History*. New York：Oxford University Press. 2011.

8. Cedric H. Whitman. *Homer and the Homeric Tradition*. Cambridge：

Harvard University Press, 1958.

9. Clay, Jenny Strauss. *The Wrath of Athena.* Maryland: Rowman & Littlefield Publishers Inc, 1997.

10. Cohen, Beth (ed). *The Distaff Side: Representing the Female in Homer's Odyssey.* New York: Oxford University Press, 1995.

11. Ehrenberg Victor. *From Solon to Socrates: Greek History and Civilization during the 6th and 5th Centuries B. C.* New York: Routledge Classics, 2011.

12. Finley, M. I. *The Use and Abuse off History.* London and New York: Penguin Books Ltd. 1975.

13. Fowler, Robert (ed). *The Cambridge Companion to Homer.* Cambridge: Cambridge University Press, 2004.

14. Gladstone, William Ewart. *Studies on Homer and the Homeric Age (Vol. 1).* New York: Oxford University Press. 2010.

15. Lauri Honko, et al (ed). *The Epic Oral and Written.* Mysore: CIIL Press. 1998.

16. Lord, Albert Bates. *The Singer of Tales.* Cambridge, MA: Harvard University Press. 1960.

17. Foley, John Miles. *A Companion to Ancient Epic.* Oxford: Blackwell Publishing. 2005.

18. Gentzler Edwin. *Contemporary Translation Theories (Revised Second Edition).* Shanghai: Shanghai Foreign Language Education Press, 2004.

19. Homer, *Homer the Odyssey.* Tr. By E. V. Rieu, revised translation by D. C. H. Rieu. New Jersey: Penguin Group, 1991.

20. I. Lazzari, Marie. *Epics for Students: Presenting Analysis, Context and Criticism on Commonly Studied Epics.* Detroit: Gale Research, 1997.

21. Innes, Gordon. *Sunjata: Three Mandinka Versions.* London:

School of Oriental and African Studies, University of London. 1974.

22. Jackon, Kenneth Hurlstone. *The Oldest Irish Tradition: A Window on the Iron Age.* New York: Cambridge University Press. 1964.

23. Jackson, Guida M. *Encyclopedia of Literary Epics.* California: ABC – Clio, Inc. 1996.

24. Jebb. R. C. *Homer: An Introduction to the Iliad and the Odyssey.* Glasgow: James Maclehose and Sons, 1905.

25. Johns – Putra, Adeline. *The History of the Epic.* New York: Palgrave Macmillan. 2006.

26. J. R. McWilliams John P. *The American Epic: Transforming a Genre* 1770—1860. New York: Cambridge University Press. 1989.

27. Keller, Albert Galloway. *Homeric Society: A Sociological Study of the Iliad and Odyssey.* New York: Longmans, Green, and Co, 1902.

28. King, Kathering Callen. *Ancient Epic.* Oxford: Wiley–Blackell. 2009.

29. Lord, Albert Bates. *Serbocroation Heroic Songs.* Cambridge and Balgrade: The Harvard University Press and The Serbian Academy of Science. 1954.

30. Marincola, John (ed). *A Companion to Greek and Roman Historiography.* MA: Blackwell Publishing, Ltd. 2011.

31. Merchant Paul. *The Epic.* New York: Methuen co, Ltd. 1971.

32. Murry, Gilbert. *The Rise of the Greek Epic* (4th Edition). London: Oxford University Press. 1934.

33. Nagy George. *Poetry as Performance: Homer and Beyond.* New York: Cambridge Univerity Press. 1996.

34. Nelson Conny. *Homer's Odyssey: A Critical Handbook.* Belmont, California: Wadsworth Publishing Company Inc, 1969.

35. Oinas, Felix J. *Heroic Epic and Saga: An Introduction to the*

World's Great Folk Epics. Bloomington: Indiana University Press. 1978.

36. Olson. S. Douglas. *Blood and Iron: Stories & Storytelling in Homer's Odyssey.* Leiden; New York; Köln: E. J. Brill. 1995.

37. Parry, Milman. *The Making of Homeric Verse: The Collected Papers of Milman Parry.* Ed by Adam Parry. New York: Oxford University Press. 1971.

38. Peyrefitte Alain. *Le mythe de Pénélop.* Paris: Librairie Arthème Fayard. 1998.

39. Pound Ezra. *ABC of Reading.* London: Faber and Faber. 1961.

40. Richter, David H. *The Critical Tradition: Classic Texts and Contemporary Trends (2nd Edition).* Boston: Bedford/St. Martins. 1998.

41. Saïd, Suzanne. *Homer and the Odyssey.* Oxford: Oxford University Press, 2011.

42. Sandars, N. K. *The Epic of Gilgamesh: An English Version with an Introduction.* New York: Penguin Books. 1960.

43. Sidhanta, N. K. *The Heroic Age of India: A Comparative Study.* London and New York: Routledge. 1996.

44. Stavrianos, L. S. *A Global History from Prehistory to the 21st Century (7th ed).* Beijing: Peking University Press. 2004.

45. Suso, Bamba & Kanute, Banna. *Sunjata: Gambian Versions of the Mande Epic.* Translated and Annotated by Gordon Innes with Assistance of Bakari Sidibe. London: Penguine Books. 1999.

46. *The Song of Roland.* Translated with an Introduction and Notes by Glyn Burgess. London: Penguin Books. 1990.

47. Taylor, Charles H. *Essays on the Odyssey Selected Modern Criticism.* Bloomington &London: Indiana University Press, 1967.

48. Tigay, Jeffrey H. *The Evolution of the Gilgamesh Epic.* Philadel-

phia: University of Pennsylvania Press. 1982.

49. Toohey Peter. *Reading Epic: An Introduction to the Ancient Narratives.* London & New York: Routledge, Chapman and Hall, Inc. 1992.

50. Torres – Rioseco, Arturo. *Latin American Literature (5th Printing).* California: University of California Press. 1964.

51. Winkler, John J. *The Constraints of Desire: the Anthropology of Sex and Gender in Ancient Greece.* New York & London: Routledge, 1990.

52. Winks, Robin W, Mattern – Parkes, Susan P. *The Ancient Mediterranean World: from the Stone Age to A. D. 600.* New York. Oxford University Press. 2004.

53. Wright, F. A. *Feminism in Greek Literature.* London: George Routledge & Sons Ltd, 1923.